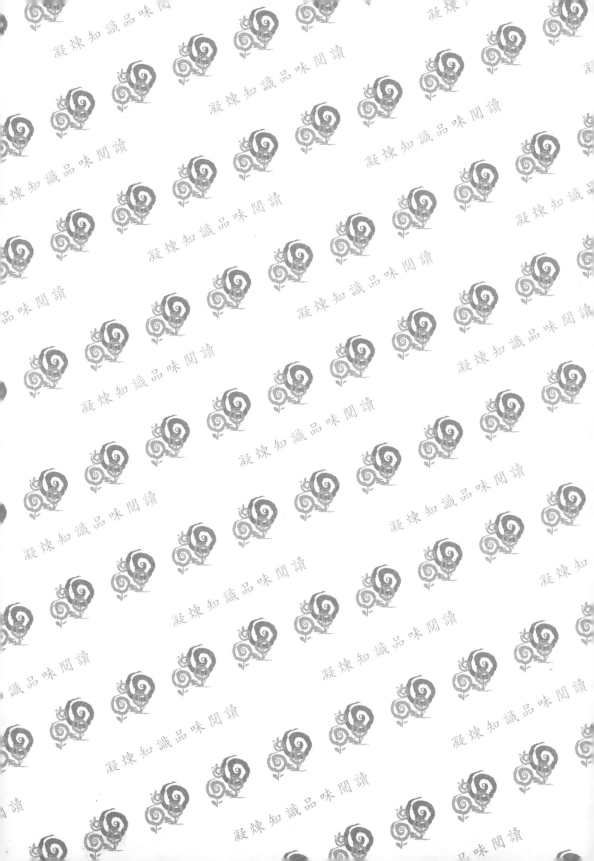

詩經概說

林祥征 著

五南圖書出版公司 印行

目錄

導言

德國存在主義哲學家、歷史學家雅斯貝爾斯（Karljaspers, 1883-1969）在其《歷史起源與目的》一書中，認爲人類以西元前五〇〇爲中心，在西元前八〇〇年到二〇〇年之間，產生了一個稱之爲「軸心時代」的特別的文化現象。即地球上的人類經歷了一次精神上的覺醒，開始擺脫混沌蒙昧狀態。在這個「軸心時代」裏，有以下特點：

㈠民族精神得到奠定，出現了本民族的文化聖人和精神聖人，如中國的老子、孔子、墨子等，印度的佛陀、巴勒斯坦的以利亞、以賽亞，希臘的荷馬、赫拉克里特、柏拉圖、亞里斯多德、阿基米德等。這些先賢創制的精神文化模式，決定了該民族文化的基本精神，及其以後的文化走向。

㈡創製了體現該民族基本精神的文化元典，如中國的《老子》、《莊子》、《論語》、《孟子》；印度的《吠陀》、《佛經》；希伯來的《舊約全書》、希臘的《理想國》、《形而上學》等。

該書沒有提到作爲中國文化元典而又在「軸心時代」時間之內的《詩經》，聞一多先生對此作了補充說明，他說：

人類在進化的途程中蹣跚了多少萬年，忽然這對近世文明影響最大最深的四個古老民族——中國、印度、以色列、希臘都在差不多同時猛抬頭，邁開了大步，約當紀元前一千年左右，在這四個國度裏，人們都唱起歌來，將他們的歌記錄在文字裏，流傳到後代。在中國，《三百篇》裏，最古部分——《商頌》和《大雅》，印度的《黎俱吠陀》（*Rig_veda*）、《舊約》裏最早的《希伯來詩篇》、希臘的《伊利亞特》（*Iliad*）和《奧德賽》（*Odeyssey*）——都約略同時產生，再過幾百年，在四處的思想都醒覺了，跟著是比較可靠的歷史記載出現了。（《文學的歷史動向》見《聞一多全集》第十卷，湖北人民出版社）

聞一多先生在這裏更加明確指出《詩經》與「軸心時代」的關係，說明《詩經》不僅具有中華民族文化元典的特徵，即具有深刻而廣闊的原創性；並在中華民族歷史上長期發揮精神作用。我們認爲《詩經》作爲一部詩歌的名著，還具有以下的特點：

㈠以一部典籍爲對象的專門學術，即《詩經》學，並形成其特有的傳承傳統，在我國古代典籍中並不多見，而且成爲中國國學重要的組成部分，十二世紀以後，成爲世界漢學的熱門議題。

㈡上古時期，我國產生了一部以現實性和世俗性爲主，又以多樣性著稱（有學者稱之爲「上古時代的百科全書」）的抒情詩歌集，這在世界文學史上也是罕見的（趙沛霖說）。（按：《伊利亞德》和《奧德賽》都是史詩）

學術史告訴我們，每一個民族的文化復興都是總結自己的文化遺產開始的，《詩經》當然不能例外。而且每個時代都有屬於自己的課題，解決時代課題是每個理論工作者的要務。在高揚傳統文化、弘揚國學的今天，如何讓作爲中華文化元典的《詩經》走進千家萬戶，並從中受到啓發和教育，是廣大讀者的迫切要求，也是筆者不避淺陋編寫這本簡明帶有普及性讀物的動力。

黑格爾說：「詩過去至現在仍是人類的最普遍最博大的教師」。這對《詩經》來說，也是適用的。在春秋時期，孔子創辦了中國第一所民間學校，《詩》、《書》、《易》、《禮》、《樂》、《春秋》都是他的六種教材，漢代以後及至現代，《詩經》一直是中國各級學校的傳統教科書，是中國人和東亞漢字文化圈的讀書人必讀的課本。本書取名《詩經概說》，也是一本適用於教學的教材，全書共十章，主要有四部分組成：

1. 介紹《詩經》的基本知識。
2. 介紹《詩經》的思想與藝術。
3. 簡單介紹歷代對《詩經》的文學闡釋。
4. 《詩經》對後代的影響。

希望通過縱和橫兩個軸面的介紹，對《詩經》有個較為全面的了解。而第二部分是本書的重點：

《詩經》作爲詩歌，以語言的藝術形式傳達先民心靈的歌唱；作爲中華文化的元典，它具有思想價值、藝術價值、歷史文獻價值，語言學價值等：

一、思想價值

本書把《詩經》愛情詩放在思想內容第一部分來談，是因爲它的數量最多，而且最能反映中華文化精神，《周南．關雎》寫一位男子在追求不得的情況下，作了個白日夢，幻想有一天能和心愛姑娘結婚，並讓她幸福快樂，《周南．漢廣》寫男子追求不到生活在漢水邊的女子，仍然幻想在對方結婚時，把接她的馬餵得好好的，這種對女性的尊重和體貼，是一種愛的昇華。相較今天有人在追求不到的時候，不是用硫酸讓女方毀容，就是舉起手中的刀子傷害對方，不知好多少倍。《詩經》愛情詩在藝術上，也大多是珍品，保加利亞美學家瓦西列夫說：「愛情是作爲男女關係上的一種特殊審美感而發展起來的，愛情創造了美，使人對美的領悟能力敏銳起來，促進了對世界藝術化的認識」（《情愛論》），學習好《詩經》中的愛情詩，能夠豐富我們對美的感受，還能夠滋潤我們的心田。母愛是人間最崇高而又溫馨的愛，有詩人唱道：「如果說，愛如花的甜美，母愛就是那朵甜美的花」。《邶風．凱風》就是一首歌頌母愛的名篇。古樂府《長歌行》和孟郊《遊子吟》都受其影響。孝敬父母是中華民族的傳統美德，《小雅．蓼莪》是表現這一主題的名篇，《後漢書．陳宏傳》等書都記載一些歷史人物讀了本篇而深受感動的故事，說明《詩經》中的仁孝思想是中華文化精神重要組成部分，有永遠閃耀的思想光輝。

我們過去有個偏見，凡是最高統治者的頌歌，都認爲是「拍馬」之作，就像漢樂府的郊廟樂歌一樣，是用來宣揚德威，粉飾太平的「歪曲之作」，這是不符合歷史事實的。當人民從殷紂王殘暴統治下被解放，對解救自身的周文王、周武王的德治的歌頌，是發自內心的，《周頌》、《大雅》中宣揚「敬德保民」的思想（從迷信天命到敬德保民，是中國思想史上一次大的躍進，這在《大雅》中的《文王》、《皇矣》有深刻表現），時至今日，仍然閃耀它的光輝。我們還可以從《大雅》中的《公劉》和《綿》中，了解到周人爲了擺脫惡劣自然環境和外族的侵擾，在公劉和古公領導下，舉行了兩次千里大遷徙，從郃

（今陝西省武功縣）遷到豳（今陝西省彬縣、旬邑一帶），再從豳遷到岐山，使周民族最終擺脫了困境，開始走向興旺，並為文王的文治武功準備了充分的條件。英國歷史學家湯因比在《歷史研究》中說：

人類文明的起源與發展，可以歸結為挑戰與應戰。在冰河期結束的時候，歐洲大陸上冰河收縮，大西洋的氣旋地帶漸向北移動，使非洲草原上出現了乾旱過程，當地狩獵的居民，凡是不改變生活方式，仍然居留於原地的，都相繼滅亡了，而遷徙到其他地方的人們，都活了下來，並且創造了古埃及文明和姑蘇末文明。

周民族的三次萬里遷徙，不正體現了周人勇於迎接現實的挑戰的文化精神嗎？《大雅．文王》有兩句名言：「周雖舊邦，其命維新」，歷史證明，早期的周人打破封閉狀態，依靠勇於探索和改革創新，才取得發展與成功。

《詩經》中的怨刺詩有著大臣們的憂患意識，和敢於直諫的精神，對後代也有良好的影響；在封建時代，臣子與皇帝的關係是主子與奴才的關係，臣子受到皇帝的處罰，還要說聲：「天子聖明，臣罪當誅」。據王圻《稗史彙編》說：「國朝（明朝）初，嚴於吏治，典獻烈火，中外臣工，少不承旨，非遠戍，則門誅，死者甚衆。……在京官員每入朝，必與妻子告別。至暮無事，則相慶，以為更生」。然而西周時代，大臣是國君的政治上導師，他們面對國君可以「耳提面命」（《大雅．抑》）。《大雅．瞻卬》中的大臣直呼周幽王為「汝」，並一口氣列舉了幽王四大罪狀，譴責他倒行逆施，強占別人的財富，使無辜者無故受罰，有罪者逍遙法外。《小雅．大東》罵周人最高統治者是只會伸著舌頭吃飯的飯桶，罵他剝削東方人民至於不剩一線，不餘一縷。

《小雅．采薇》是一首戰爭詩，詩中揭露了獫狁侵擾中原人民，並帶來嚴重災難，更重要的是展現了這位戰士強忍著對家鄉親人的思念，「豈敢定居，一月三捷」、「豈不日戒，玁狁孔棘」表示要一心一意地投入反擊獫狁的戰鬥之中，表現了一位戰士忠於國家的愛國精神。當時沒有政治動員，這種具有家國情懷的閃光思想是發自內心的，所以才那樣眞誠，那樣感人。後代的「匈奴未滅，何以家為？」和「國家興亡，匹夫有責」等豪言壯語由此而來，黑格爾說：「每一個有教養的歐洲人，提到古希臘，都有一種回家的感覺」。《詩經》中的精神文化是安頓我們心靈的港灣，是我們的精神家園，我們如能深切體會《詩經》的思想價值，不是也會有回家的感覺嗎？

二、歷史文獻價值

梁啓超《要籍解題及其讀法》稱讚《詩經》是中國古籍中，基本保存完整的，「其精金美玉，字字可信，《詩經》其首也」。這裏「字字可信」說的有點過頭，但《詩經》具有高度歷史眞實性，是毫無疑問的。中國古代的史書，記載範圍只局限於朝代的更迭，帝王將相的言行，很少像《詩經》那樣展示上古時代風土人情，民生實錄，以及普通百姓的喜哀樂怒。因此《詩經》是研究中國上古文化和周代社會的經濟學、文化學、民俗學、考古學的重要史料。

放眼世界文化史，與《詩經》時代相近的古埃及《亡靈書》（西元前二十六世紀）是一部只有零星記錄的宗教咒語集；古巴比倫的《漢摩拉比法典》（前十八世紀）記錄了古巴比倫的法律條文；以色列的《聖經》（前九世紀）是典型的宗教書籍；荷馬的《伊利亞德》、《奧德賽》（前十二世紀）是兩部記錄歷史故事的史詩，帶有更多人類童年時期宗教神話的色彩。而作為一部具有世俗情懷詩集的《詩經》，內容非常豐富，像一面鏡子全方位的反映周代社會生活，以及理性覺醒時代人的精神風貌。它說明《詩經》是中國文化的源頭，也是世界文化的源頭之一。達·芬奇說過，凡是能夠到源頭去取泉水的人，絕不喝壺中的水。《詩經》不就是我國文化源頭裏一股永不枯竭的清泉嗎？我們中華民族有了這樣一部文化寶典，值得我們驕傲，更值得我們珍惜和好好學習。至於《詩經》語言學價值，在本書裏已經有所說明，這裏不再贅述。

三、《詩經》的藝術價值

《詩經》作為傳統文化的重要部分，具有雙重身分。她既是「詩」；又是「經」，「詩」是《詩經》自身的素質；而「經」則是歷史賦予她的文化角色。肩負著傳承中華文化，構建精神家園的歷史使命。從闡釋學的角度而言，這兩種闡釋都有其合理性，過去這兩者常常互相排斥是不對的。然而鑒於筆者的學習，和為了更好的傳播和普及，本書採用了文學的闡釋視角，《詩經》闡釋史也寫成《詩經文學闡釋史》，正如學者所說：「考證得其筋骨，義理得其血肉，只有文學研究才能眞正得其活潑的靈魂」（劉毓慶語）。然而我們還應該看到，《詩經》的藝術成就並沒有得到應有的認識和闡釋，「五四」時期，不是有人認爲《詩經》枯燥無味，並向聞一多先生求教嗎？遺憾的是，時至今日，這種情況並沒有得到眞正的改觀。美國哲學家V.提吉拉說的好：

在任何特定時期，眞正關心創造性問題的都不一定是標新立異的美學。不過可以肯定，無論何時都是那些敢於創新的理論家在決定著美學的發展方向。

說明創新是學術生命之所在，我們怎麼可以仍在賦、比、興的圈子裏打轉，而不去開拓藝術研究新的領域呢？《詩經》藝術性是很高的，高到可以和荷馬的史詩、莎士比亞的戲劇相媲美，那麼，爲什麼還有人感到枯燥無味，沒法讀呢？

㈠興趣學有兩條原則，「不熟悉」和「太熟悉」都不會感興趣。《詩經》年代久遠，許多語詞不好懂，自然不會引起興趣。

㈡歷來對《詩經》的闡釋存在偏差，歷代的經學闡釋者看重《詩經》的政治價值，對《詩經》藝術視而不見，所以有人批評說；「今之君子只知《詩》之爲經，而不知《詩》之爲詩，一蔽也」（萬時華語），另外，古人對《詩經》的闡釋採用的術語，如神、氣、風、骨、韻等，難以把握。

㈢「五四」以後，《詩經》的文學價值得到空前的重視，但是還有人認爲《詩經》

的藝術研究不如歷史、訓詁、考古、文化等研究價值高，沒有什麼學問。近幾年來，出現一股鑑賞熱，《詩經》藝術得到較好的普及，但採用段落大意的分析法，使讀者得不到整體的感受，正如泰戈爾所說，採了花瓣不是花。所用的語言如語言生動、結構完整、形象鮮明等，有明顯八股味，缺乏具體問題、具體分析的態度。

科學史表明，研究視角的轉變，往往能夠取得較大的進步，基此，本書關於《詩經》的藝術闡釋有以下的轉變：

(一)審美是人生的一次解放，本書多從審美視角進行闡釋，它將使讀者在閱讀中得到美感與快樂，「似乎覺得自己是在海妖的美色中陶醉了」（亞里斯多德語）。著名美學家宗白華曾經讚美「月亮是大藝術家」，因爲在月亮的清輝下，女人、山石、風景，都有一種朦朧的美，我們閱讀《陳風．月出》一定會有更深的體會；《秦風．蒹葭》是《詩經》中的名篇，從中我們能夠認識到什麼叫「可望而不可及的藝術境界」，還可以體會到什麼是間隔美，以及具有哲學意味的象徵意蘊：即人類每前進一步，都在接近理想境界，然而又是永遠無法達到它的極終的彼岸。這個昭示人生的追求永無止境的哲理，對我們的人生有著重要意義。它告訴我們在人生的道路上，要永遠向前，永不停步。人格建構與完善是美學關注的焦點之一，是美學本質的價值體現，愛情詩中的人性美、和諧美，家庭生活詩中母愛、孝順、友愛；政治詩中愛國、忠心，勞動詩中的熱愛勞動等優良品格，對我們完善人格，也有一定的價值。

根據柏拉圖《泰阿德泰》一書的記載：

泰利士仰起頭來觀看天上的星象，卻不愼跌落井內，一個美麗溫順的的色雷斯侍女嘲笑說：他急於知道高天之上的東西，卻忽視了腳邊的一切。

我們過去學習美學是從書本到書本，從黑格爾《美學》到《文心雕龍》，不是也犯了「忽視腳邊的一切」的錯誤嗎？如果我們能夠從《詩經》等文學作品中學習美學，也不失爲一種好的途徑。大家知道，審美活動有別於科學、哲學的認識活動。科學要達到對外界精確、清晰的認識，哲學要對複雜的事物高度抽象化，而審美力圖對審美物件得到豐滿、生動的再現。本書在藝術分析的時候，不是力圖擺脫空洞的說教，讓《詩經》藝術得到豐滿、生動的再現嗎？十八世紀德國兩位偉大藝術批評家——艾克爾曼和萊辛，透過他們的努力，將人們的注意力引向古希臘藝術，促進了德國國民審美趣味的改造，並產生了深遠的影響。我們相信，《詩經》藝術如果能夠得到更大的普及，更深入人心，我國國民的審美趣味，也一定能夠得到改造和提升。

㈡人類終於痛苦地認識到，不打開人類自身的奧秘，世界和宇宙永遠是個謎。於是關於人的自身的研究，再次成爲社會科學和自然科學認識的焦點。書中《詩經心理審美化》一文，闡釋心裏時間與心理空間；移情與快適度；內心矛盾的藝術展現等，以見《詩經》一書藝術心理的豐富性。《衛風．碩人》是一首讚美衛莊姜的詩，被稱爲「詠美人之祖」，詩中的前五句，是對於美人形體的具體描寫，正因爲有了表現莊姜神情和心理的「巧笑倩兮，美目盼兮」的描寫，才把美人寫活了。如果光有前五句，只能讓人感到是一個廟裏沒有靈性的觀音菩薩。有了這兩句，就完成了一個如「初發芙蓉，自然可愛的美人形象了」（宗白華語）。白居易《長恨歌》「回眸一笑百媚生，六宮粉黛無顏色」，正是從「巧笑」兩句發展而來的。

㈢書中《詩經的藝術範例》一文，說明《詩經》的藝術範例有一個相對穩定的符號系統，是先民生活經驗和審美經驗的結晶，是先民在抒情過程中開放出來的心靈之花。我們過去談《詩經》藝術對後代的影響，總覺得比較空洞，閱讀該文後一定會有更深刻的體認。

四、關於歷代對《詩經》的文學闡釋

過去《詩經概論》往往寫到《詩經》對後代的影響就結束了。本書加上三章討論歷代對《詩經》文學闡釋的問題，是為了更好反映《詩經》學的概貌。其中有四條規律值得一提：

㈠從西周誕生到強大再到滅亡的歷史過程看，並聯繫《詩經》中的頌美詩和怨刺詩，我們可以看到一條重要歷史規律：一個王朝的好與壞，取決於最高統治者的思想和行動，最高統治者若能以身作則、重德愛賢、懲治腐敗、發展生產，這個王朝就能長治久安；反之，如果最高統治者暴虐無道、驕奢淫欲，上行下效導致社會矛盾加劇，那麼這個王朝就離敗亡不遠了。殷紂王、周幽王的敗亡的教訓，是夠深刻的。

㈡《詩經》以其優良的創作奠定了中國現實主義創作風格的基礎，並對後代產生了重要的影響，由此形成了這樣一條規律：在中國文學史上，凡是高舉現實主義理論大旗的時候，文學創作就興旺發達，產生大詩人，好作品（如杜甫、白居易等及其作品）；否則文學的發展就往往走向死胡同（如六朝的宮體詩，明代文必秦漢，詩必盛唐，抄襲模仿的擬古主義等）。

㈢在中國文化史上，一種文化思潮產生以後，往往會推出具有代表性的權威，這個權威的影響會持續一段相當長的時間，直到新的權威產生之後，才暫時告一段落。例如兩漢經學思潮推出了鄭玄及其《毛詩傳箋》，他的影響一直到魏、晉、北宋，直到南宋朱熹的出現，才告一段落；宋代疑經辨僞思潮推出了朱熹及其《詩集傳》，一直影響到明代前期，直到明代後期，王守仁「心學」的興起，朱熹的影響才告一段落（參見劉毓慶《從經學到文學》）。

㈣從歷代對《詩經》的文學闡釋論述中，我們可以看到這樣一條闡釋規律：中華文化元典都是通過後人的闡釋而不斷發展的，而後代學者的闡釋總是站在當時文化水準和時代思潮進行闡釋的（當然也一定程度上吸收前人的研究成果），並通過闡釋形成新的觀點，以推動學術的發展。這裏只舉一個例子，《采薇》中的四句：「昔我往矣，楊柳依依；今我來兮，雨雪霏霏」，到了東晉，謝玄稱讚爲《毛詩》中最佳的句子；《文心雕龍·物色》讚爲能夠體物之工的「盡楊柳之貌」；宋代宋祁讚美爲「寫物態，蘊人情」；明代謝榛認爲這四句是隔句對或扇格對的最早例子；清代王夫之認爲這四句是「以樂景寫哀，以哀景寫樂，一倍增其哀樂」的範例；袁枚讚美李商隱學習該詩寫出「堤遠意相隨」

（《贈柳》）的名句，爲「眞寫柳之魂魄」；錢鍾書先生隨即指出：「李詩添一『意』字，便覺得著力，寫楊柳性態，無過《詩經》此四字者」（《管錐篇》）。以上事例可以由小見大，有助於中華文化就是一部前後相繼，代代有解人的闡釋史的理解。

《詩經》具有雙重身份，即「經」與「詩」，不可諱言，在兩千多年的歷史上，她的經學意義遠大於她的文學意義。直到「五四」以後，《詩經》作爲我國最早詩歌選集的文學成分才得以正式確立。與之相應的文學闡釋，才逐漸成爲《詩經》闡釋的主體。然而我們應該看到，對《詩經》的文學闡釋仍然是其中的薄弱環節，汪祚民《詩經文學闡釋史》是唯一的可貴的一部，但他只寫到隋唐。說明對《詩經》進行文學闡釋，特別是藝術闡釋至今仍是需要繼續開墾的領域。泰戈爾詩云：「星光散去，夜兒遙遙，召喚從遠處傳來：『人啊，拿出你的燈來』」。時代召喚《詩經》的同仁們，拿出我們各自手中智慧的燈，照亮《詩經》這座文學殿堂中昏暗的角落。

以上是介紹本書的內容，下面談談怎麼學習的問題。

相傳八仙之一的呂洞賓到山上一位人家住宿，臨走時，用手指點了一塊石頭變成金子送給主人，主人拒收。呂洞賓以爲嫌太小，便點了一塊大的送上，主人還是不要。呂洞賓不解地問道：「那您到底要什麼？」主人說：「要您的手指。」這個故事從倫理學的角度講，這個主人太貪婪；如果從方法論的角度講，這位主人很聰明，因爲有了點石成金的手指，就可受用無窮。這個故事告訴我們，研究問題方法很重要。成功學有兩個要點，其一是努力；其二是方法要對頭，那麼，如何將《詩經》學習得更好呢？

1.學習時，把本書和《詩經》作品結合起來，實現理性和感性的結合，因爲理論總要有所捨棄，只有作品才眞確、生動有趣。

2.要把閱讀和寫作結合起來，要動腦還要動手，才能加深理解，並能活學活用。有人讀很多書就是不寫作，被稱爲「兩腳書櫥」，或者是猶如沙漠，只是吸水，不見清泉。

3.專心致志，心無旁鶩，堅持下去，必有收穫。正如尼采所說：「從您的腳下深挖下去，必會有清泉噴出」（《不灰心》），《周頌．敬之》：「學有緝熙於光明」。意指學問積累多了就能大放異彩。

本書在編寫過程中，吸收了前人的許多成果，特別是夏傳才先生、趙沛霖和劉毓慶友人的研究成果，再次表示感謝。同時也可看到，書中也有對一些錯誤的觀點進行了批評或商榷，因爲敢於否定前人的論斷，是一種學術勇氣，更是對學術立場的堅守。《小雅．鹿鳴》有云：「人之好我，示我周行（大道）」。筆者誠懇地希望得到大家的批評和幫助，把《詩經》普及工作做得更好。

第一章　《詩經》的產生與形成

《詩經》時代離我們現在已經有二千五百多年了，要學習這部古老而又被人們稱爲先秦時期一座詩歌高峰的《詩經》，首先應該了解的是關於《詩經》的基本知識。

第一節 《詩經》的名稱

《詩經》原名不叫《詩經》，春秋時代，《詩經》有兩個名字，一個簡稱爲《詩》，《論語．陽貨》：「子曰：『小子，何莫學夫《詩》？』」；另一個爲《詩三百》，《論語．爲政》：「《詩三百》，一言以蔽之，曰『思無邪』」。這是因爲《詩經》共有三百零五篇，稱名時舉一個整數。由於孔子故去之後，儒家學派辦學的時候，採用《詩》、《書》、《易》、《禮》、《樂》（後來失傳了）、《春秋》這六部書作爲教本，稱爲「六經」。這裏的「六經」就是六種書籍的意思。沒有後來具有崇高神聖的意義。因爲「經」的本義是織布機上的縱線，許慎《說文》說：「經，從織從（縱）絲也。」。古人用刀作筆，用竹當作紙，文字刻在竹片上叫做「簡」，把幾片竹簡串聯在一起叫著「冊」。用什麼東西串聯竹簡呢？就是「經」，因此「經」就代表書籍。

隨著封建社會的發展，和儒家學派地位的提升，西漢文帝以後，孔子被尊奉爲神聖的偶像，儒家學說被當作經邦治國的指導理論。《詩》首先被官方正式確定爲「經」，作爲經邦治國的政治經典而列入學官。宋代王應麟《困學紀聞》：「考之漢史，文帝時，申公、韓公以《詩》爲博士，唯《詩》而已。景帝以轅固生爲博士，而餘經未立」。這個時候「經」的含義也有所提升，由「線」提升爲「常」、「常道」，班固《白虎通》：「經，常也，法也」，劉勰《文心雕龍・宗經》：「經也者，恒久之至道，不刊之鴻教也」，《詩》成爲記載永恆法則的政治課本。漢武帝時期，罷黜百家，獨尊儒術，設立「五經博士」的專門官職，《詩經》這個專名被正式確定下來。我們現在還稱它爲「詩經」，只是沿用已經通行二千多年的舊稱。把它當作先秦時代的重要典籍，並不把它當作神聖經典。

《詩經》又稱爲《毛詩》，秦始皇焚書坑儒以後，漢代研究《詩經》的有魯、齊、韓、毛四家。前三家先後失傳，只保留《韓詩外傳》，我們現在所讀的《詩經》，是毛公傳下來的，毛亨作的詩注，叫著《毛詩故訓傳》，所以後人又將《詩經》簡稱爲《毛詩》。

當代《詩經》學者大多把《詩經》稱之爲「我國古代第一部詩歌總集」，「總集」的提法並不準確，因爲當時國家近百個（一說二百多個），收集的只有十幾個國家的詩歌，而且從現存的先秦文獻看，還有著許多漏收的「逸詩」，如《國語・周語下》記載的周武王打敗殷商之後所作的《支》歌、《左傳・隱公元年》記載鄭莊公「黃泉」會母時所唱的「對歌」、《左傳・襄公二十六年》記載齊國景子所賦的《轡之柔矣》歌、《大戴禮記・投壺》中記載的《狸首》歌、《烈女傳・辯通》中的《白水》歌等，都不見於《詩經》之中。所以，稱《詩經》爲「我國古代第一部詩歌選集」更爲恰當。

第二節　《詩經》的採集

《詩經》的時間跨度五百多年，地域遍及陝西、山西、河南、河北、湖北、山東等地，又出自各式各樣的男女之口，到底是怎樣收集和編定成一部完整的詩歌呢？這就需要首先了解「采詩說」和「獻詩說」等問題。

一、關於王官采詩說

《詩經》中有一部分是民間歌謠，根據古代文獻的記載，是周王朝派遣有關官員到各地採集來的：

㈠《左傳．魯襄公十四年》引《夏書》云：「遒人以木鐸詢于路，官師相規，工執藝事以諫」。杜預注：「遒人，行令之官也。木鐸，木舌金鈴，詢于路，求歌謠之言」。（按：《夏書》指的是逸書《胤征》篇，說明遒人的官職在左丘明之前就存在。）這是先秦時代的文獻記載，而漢代的文獻記載有：

《漢書．食貨志》：「孟春之月，群居者將散，行人振木鐸詢于路以采詩。獻之太師，比其音樂，以聞于天子。故曰：王者不窺牖戶而知天下」。《漢書．藝文志》：「古有采詩之官，王者所以觀風俗，知得失，自考正也」。

㈡何休《春秋公羊傳注》；「男女有所怨恨，相從而歌。饑者歌其食，勞者歌其事。男年六十，女年五十無子者，官衣食之，使民間求詩。鄉移于邑，邑移于國，國以聞于天子」。

此外，還有《孔叢子．巡狩篇》，劉歆《與揚雄書》等有關於王官采風的不同記述。對於「王官采詩說」，清代崔述和今人夏承燾等都提出否定的意見，其主要理由是：先秦的書沒有關於采詩的記載，《左傳》：「遒人以木鐸詢于路」一句中的「遒人」是宣令之官，下到各國是爲了巡查民情宣佈政令，不一定是爲了采詩。春秋時代分崩離析，王室衰微，派王官去各國采詩，難以做到。還認爲古籍中關於采詩的時間、方式、和采詩的人，有著不同的說法，是漢人參照《漢樂府》的采詩制度所作的推論。

我們的看法是，《詩經》這部書規模之大，產生地域之廣，時間之長，而且音韻、句式大致相同，沒有廣泛的集中收集和整理，是不可能的。至於有人認爲「王者所以觀風俗、知得失、自考正」。云「是後儒增飾之詞」（夏承燾《采詩與賦詩》載《文學研究叢刊》第一輯）的說法，已經爲新發現的《上博書》所否定。該書中的《詩論》第三簡說：「《邦風》納物也，溥觀人俗焉，大斂材焉」。其意思是博覽風物，廣泛觀察民俗風情，和廣泛收集資料。《上博書》是先秦的重要出土文獻，充分說明漢人采風的說法是有充分依據的。

二、關於獻詩說

所謂獻詩說，是指周朝的貴族文人把自己創作的和別人創作（包括採自民間風謠）的詩歌，獻給周王朝的論述。如果說，對於采詩說還有所論爭的話，那麼對于獻詩說的看法則是基本一致。因爲先秦文獻都有明確的記載：

㈠《國語．周語上》：「故天子聽政，使公卿至于列士獻詩，瞽獻曲、史獻書、師箴、瞍賦、矇誦、百工諫、庶人傳語、近臣盡規，親戚補察、瞽、史教誨，耆艾修之。然後王斟酌焉，是以事行而不悖」。

㈡《國語．晉語六》：「古之王者，德政既成，又聽于民。於是乎使工誦諫于朝，在列者獻詩，使勿兜。（韋昭注：兜，惑也）……有邪者正之，盡戒之術也」。

㈢《禮記．王制》中也有這方面的記載，「天子五年一巡守（狩）……覲諸侯。問百年者就見之，命大（太）師陳詩，以觀民風」。

另外，《詩經》中也有重要的內證，如：

1.《大雅．民勞》：「王欲玉女，是用大諫」。

2.《大雅．板》：「猶之未遠，是用大諫」。

3.《小雅．節南山》：「家父作誦，以究王訩」。

4.《小雅．巷伯》：「寺人孟子，作爲此詩。凡百君子，敬而聽之」。

從所獻的內容上看，主要是歌頌明君、賢臣的豐功偉績，和對昏君、奸臣的揭露和批判。其中也有傾訴個人不平和哀怨的詩篇。對於《詩經》中歌功頌德的詩篇，過去人們都把它當糟粕看待，這種看法失之偏頗。如《大雅》中的《雲漢》、《嵩高》、《常武》等，《小雅》中的《天保》、《出車》、《斯幹》歌頌周文王、周武王、宣王等的詩篇。表現了西周王朝上升時期的治國經驗，以及奮發有爲、勇往直前的氣勢；而《大雅》中的

《民勞》、《板》，《小雅》中的《節南山》等詩篇，比較眞實地反映了厲、幽兩朝混亂的社會生活，表現了西周貴族文人的政治責任感和憂患意識。言辭激切，感慨激昂，較後代的政治詩少忌諱，藝術上屬於優秀之作。

《詩經》中詩歌，除了采詩、獻詩之外，而《頌》、《大雅》和《小雅》中用於祭祀儀式的祭祀詩和用於宴饗儀式的宴饗詩，則是由周王朝的樂官或者巫、史之類人員創作的。樂官自作的樂歌應該占有相當的數量。

第三節 關於《詩》的編定

一、關於孔子「刪詩說」

宣導孔子「刪詩說」的人，認爲王官到民間所採的詩篇很多，需要有人整理。現存的《詩經》文本，不是周朝太師所掌握的舊本，而是經過孔子刪定過的。最早提出這種說法的人是司馬遷，他在《史記·孔子世家》中說：「古者詩三千餘篇，及至孔子去其重，取可施于禮義。上採契、後稷，中述殷、周之盛，至幽、厲之缺。……三百五篇，孔子皆弦歌之，以求合《韶》、《武》、《雅》、《頌》之音」。班固《漢書·藝文志》說：「孔子純取周書，上采殷，下取魯，凡三百五篇」。東漢王充《論衡·正說篇》也說：「《詩經》舊時亦千篇，孔子刪去重複，正而存三百篇」。可見漢代的學者對於孔子刪詩說是達成共識的，因爲它符合當時尊孔讀經的政治需要和學術思潮。然而到了唐代，孔穎達開始懷疑司馬遷的說法，他說：「書傳所引之書，見在者多，亡逸者少，則孔子所錄不容十分去九。馬遷言古詩三千餘篇，未可信也」（《毛詩正義．詩譜序疏》），之後，從宋代一直到清代，贊成與反對的兩派爭論了八百多年。到了當代，反對孔子刪詩說已經成爲新的共識。

否定刪詩說的主要論據是：

㈠《左傳．襄公二十九年（西元前五四四年）》記載吳國公子季劄到魯國觀周樂，魯國樂工爲他演奏歌舞的十五《國風》的名稱，與風、雅、頌的次序，與現在的傳本大致相同。說明當時被稱爲「周樂」的《詩經》已經編集成冊，並在魯國流行，而孔子那時才八歲，不可能刪詩

㈡孔子在《論語》中常說「詩三百」，可見「三百篇」早就是定數，不是孔子刪詩編定的。

㈢古代外交家常常在宴會上「賦詩言志」，有時讓樂工歌唱詩句，藉以表達他們的態度和意圖。而所賦的詩絕大多數都以今本的《詩經》相同。而且「賦詩言志」之風在孔子之前就已經流行，可見當時已經有一個在各國流行的基本相同的本子，不然，外交人員怎麼交流？

我們在否定孔子刪詩說的同時，不應該抹殺這位偉大的教育家、古籍整理家對《詩經》有所整理、潤色的貢獻。孔子說：「余自衛返魯，然後樂正，《雅》、《頌》各得其

所」（《論語・子罕》），這就是說，孔子對《詩經》進行了正樂的工作，以正確的音調校正音律，按樂曲進行了分類整理；孔子又說：「《詩》、《書》、執禮皆雅言也」《論語・述而》語意是：孔子讀《詩》、讀《書》和行禮，都用當時中國所通行的語言。這就是說，孔子對《詩經》文本中的古語、方言、俗語的錯雜進行規範化，對語法、詞語和語音進行一定程度的加工與改動。既保留了原版本的內容與風格，並使《詩經》的品質得到較大的提高，並作為傳授學生的教材，為《詩經》的傳播和保存做出了巨大的貢獻。

三、《詩經》的編定出自周王朝太師之手

孔子刪詩說既然不足信，那麼是誰把來源不一而又衆多的詩篇，整理、加工成為現在這部《詩經》呢？關於這個問題，郭沫若有一個通俗的說法，他說：

《風》、《雅》、《頌》的年代綿延了五百年。《國風》所採的國家有十五國，主要雖是黃河流域，但也遠及長江流域。在這樣長的年代裏面，在這樣寬的區域裏面，而表現在詩裏的變異性卻很少，形式主要是四言，而尤其值得注意的，是音韻差不多一律。音韻的一律就在今天都很難辦到，南北東西有各地的方言，音韻有時相差甚遠，但在《詩經》裏面，卻呈現著一個統一性，這正說明《詩經》是經過一道加工的。（《奴隸制時代・簡單地談談詩經》）

郭沫若的說法是有道理的，明代陳第《毛詩古音考》和江有誥的《詩經韻讀》二書，

足夠證明《詩經》的用韻完全是統一的。不足的是，他沒有講明「一道加工者」（即對《詩經》進行整理）的人是誰？當代《詩經》學者幾乎一致認爲對詩歌進行整理、加工的人是周王朝分管音樂工作的太師。其主要的根據是：

㈠周王朝的太師及其屬下樂工是詩歌的收集者和保存著，他們有條件對收集來的詩歌從音樂的角度進行整理並編撰成冊，在當時要把全國各地的很多詩歌集中起來，只有周王朝的太師才有可能，各諸侯國的樂師根本就沒有足夠的能力。

㈡《左傳．襄公二十九年》記載：「吳公子季劄來聘，……請觀于周樂」。爲什麼把有風雅頌的《詩經》統稱爲「周樂」呢？因爲每篇詩歌都有樂調，是由周王朝的太師掌管並配樂的。

㈢《國語．魯語下》：「正考父校商之名頌十二篇于周太師」。正考父是春秋宋國的名大夫。商之名頌，是指《詩經》中的《商頌》（現在只存五篇），有學者認爲「校」就是獻的意思，這就說明正考父把自己收集、整理的十二篇《商頌》獻給周太師，而不是別人。

㈣當代學者朱自清說：

春秋時，各國都養一班樂工，像後世闊人家的戲班子，老闆叫太師。各國使臣來往，宴會時都得奏樂歌唱。太師們不但得搜集本國樂歌，還得搜集別國樂歌。除了這種搜集來的歌謠以外，太師們所保存的還有貴族們爲了特種事情，如祭祖、宴客、房屋落成、出兵、打獵等等作的詩，這些可以說是典禮的詩。又有諷諫、頌美等等的獻詩。獻詩是臣下作了獻君上，準備讓樂工唱給君上聽的，可以說是政治的詩。太師們保存下這些唱本兒，帶著樂譜，唱詞兒共有三百篇，當時通稱《詩三百》，到了戰國時代，貴族漸漸衰落，平民漸漸抬頭，新樂代替了古樂，職業的樂工紛紛散走，樂譜就此亡失，但是還有三百來篇唱詞流傳下來，便是後來的《詩經》了。（《經典常談》）

朱先生的解釋大致符合《詩經》成書的情況。需要補充的是，朱先生只說各國的太師是收集和保存詩歌的專員，而沒有說到周王朝的太師才是《詩經》的編定和保存的主要人物。

《詩經》的編集是周代文化史上一件大事，是周人建設其禮樂文化事業的一個重要組成部分。時至今日我們仍然把它看成周代詩歌創作最高成就的代表，中國古代最重要最偉大的著作之一。

第二章 《詩經》的篇數、時代、地域、作者、音樂的關係及其應用

第一節 《詩經》的篇數與時代

我們現在讀的《詩經》共收入自西周初年到春秋中葉大約五百多年，共三百零五篇。而《小雅》中的《南陔》、《白華》、《華黍》、《由庚》、《崇丘》和《由儀》這六篇，光有詩題，沒有歌詞，通稱爲「笙詩」（是用笙這種樂器吹奏的樂曲），不算在內。《詩經》分《風》、《雅》、《頌》三部分，其中《風》是十五個國家和地區的樂歌，共一百六十篇，《雅》有一百零五篇，《頌》分《周頌》、《魯頌》和《商頌》共有四十篇。

《雅》、《頌》兩部分詩，以十篇爲一組，用這一組的第一篇詩命名，如《小雅》從《鹿鳴》到《南陔》，稱爲《鹿鳴之什》，不夠十篇，就不立什。

《詩經》的創作年代很難一一具體確定，但從其內容和形式的特點來看，可以大體確定《周頌》全部和《大雅》的大部分是西周初年的作品，《大雅》的小部分和《小雅》的大部分是西周末年的作品，《國風》的大部分和《魯頌》全部是東遷以後至春秋中葉的作品。至於《商頌》的時代歷來就有兩種不同的看法：

認爲《商頌》是殷商時代「先聖王」的作品的「商詩說」，起自漢代古文經學派；認爲《商頌》是春秋時期宋國的作品（王國維還認爲是宋國大夫正考父的作品）的「春秋宋詩說」，起自漢代今文經學派。「春秋宋詩說」的主要理由是：

㈠春秋時代的宋國是殷商的後裔，周人稱宋爲商，《商頌》即《宋頌》。

(二)《商頌．殷武》：「撻彼殷武，奮伐荊楚」。楚國原先稱爲「荊」，到了魯僖公二年（前六五八年），才開始稱「楚」。

(三)《商頌》的語言和周代的詩歌相類似。商代的文風深奧質樸，周代的文風比較淺顯自然。然而《商頌》卻文風繁複而又淺顯，不像商代的作品，而且其文體和《魯頌》相似。

(四)《商頌．那》：有「萬舞有奕」的詩句，而萬舞的名字最早見於周代，如果〈商頌〉作於商代，不可能有萬舞。

主張「商詩說」（即《商頌》是商代祭祀詩）的主要理由是：

(一)正考父是宋戴公、武公、宣公時代的人，中間隔著莊公、湣公、恒公，才到襄公，正考父不可能作《商頌》以讚美遠在他身後的宋襄公。

(二)先秦時代偶爾稱宋爲商，那是因爲從其舊稱。正如孔子自稱爲「殷人」一樣。先秦文獻中，凡是引用《商頌》的時候，都稱之爲《商頌》，沒有稱之爲《宋頌》的例子。

(三)根據郭沫若《中國史稿》的考訂，楚之稱爲「楚」，並不是在春秋時代才有的，早在西周初年的銅器銘文中，便有了楚和荊楚的名號。

(四)殷商時代已經有一車四馬的制度，在殷商武官村的大墓中就有一車四輛，馬骨骼十六副，在其他的墓葬中，也發現有一車四馬的出土，王肅關於三代車制的說法不能成立。

《商頌》的時代問題是《詩經》學中的公案之一，兩派的觀點都有一定的理由，但都有片面的地方。根據古代古籍大多有一個長期形成的慣例（如《尙書》、《詩經》，後代的《三國演義》、《西遊記》等）我們認爲，從《商頌》所反映的內容看，應該是商代的產物；從《商頌》的藝術表現形式看，是在春秋的時代完成的。其結論是：《商頌》草創於殷商的後期，最後完成於春秋時代。

第二節 《詩經》的作者與地域

《詩經》三百零五篇，詩的作者不下數百人，可惜這些詩人的眞實姓名很難考訂，眞正可以確定的作者有以下幾人。根據《左傳・閔公二年》記載，《鄘風・載馳》的作者許穆夫人，她是中國詩歌史上最早的女詩人。此外，詩中自報姓名的有，《小雅・節南山》的作者是家父、《小雅・巷伯》的作者是寺人孟子（寺人是內小臣，孟子是名字）、《大雅・崧高》的作者是尹吉甫、《魯頌・閟宮》的作者是奚斯（《閟宮》：「新廟奕奕，奚斯所作」，究竟是作詩還是作廟，歷來尙有爭論），而《尙書・金縢》認爲《豳風・鴟鴞》的作者是周公（經過後人考證，《金縢》是僞書，不可信）。

除此以外，只能大概言之，《周頌》是由周王朝的樂官所作，《大雅》由公卿大夫所作，《小雅》既有公卿大夫的作品，也有下層貴族、士吏的作品。至於《國風》的作者，有農民、也有士兵、有官吏，也有貴族、有男人、也有女人。這衆多無名詩人在文學史上的地位，並不因爲其姓名的消失而降低。

《詩經》三百零五篇最早的是《周頌》，最晚的是《陳風·株林》諷刺陳靈公和夏姬私通的醜事，魯宣公十年（西元前五九九年）陳靈公被殺，因此我們說，《詩經》是西周初年到春秋中葉五百多年間的作品。

至於地域問題，也只能概而言之，《周頌》全部創作於西都鎬京（今陝西西安附近）、《魯頌》創作於魯國都城曲阜（今山東曲阜）、《商頌》創作於宋國都城商丘（今河南商邱縣南）、《大雅》和《小雅》大部分創作於鎬京，小部分創作於東都洛邑地區（今河南洛陽）。而十五《國風》則遍佈於今陝西、山西、山東、河南、河北、湖北等省。其具體情況是這樣的：

㈠《周南》、《召南》：地域包括河南的臨汝、南陽，湖北的襄陽、宜昌、江陵等地，在十五國風中最南邊。

㈡《邶風》、《鄘風》、《衛風》：都是衛詩。因爲邶和鄘都是衛邑名，同屬一個地區。衛國國都在朝歌（河南淇縣南）朝歌的北邊是邶，東邊是鄘，南邊是衛。

㈢《王風》：都是周平王東遷以後的作品。由於王室衰微，無力駕馭諸侯，其地位等於列國，所以稱爲《王風》，王是王都的簡稱。

㈣《鄭風》：是東周至春秋時代的作品，鄭國都城在新鄭（今河南鄭州一帶）新鄭是一個大都會，民間有青年男女到溱洧等地遊春的習俗，詩的內容大多數是戀歌。

㈤《齊風》：在今山東省中部和中北部，首都臨淄，春秋時代也是一個大都會，詩中也有較多戀歌，齊地多山，人民多打獵，《還》、《盧令》是寫狩獵的詩。

詩歌。

㈥《魏風》：魏在今山西芮城一帶，土地貧瘠，百姓很苦，多有諷刺、揭露統治者的詩歌。

㈦《唐風》：唐在今山西中部，都城在今山西翼縣南，唐地有晉水，所以後來改稱爲「晉」，由於統治者長時間內部鬥爭劇烈，人民過著動盪不安的生活，詩中多表現消極頹廢的情緒。

㈧《秦風》：秦國原來占據甘肅天水一帶地方，後來擴大到陝西一帶地方，由於地近戎狄，修習戰備，詩的特點是尙武精神。

㈨《陳風》：陳國在河南淮陽、柘城和安徽亳縣一帶地方，《陳風》多半是關於戀愛、婚姻的詩，這與陳國人民崇信巫鬼的風俗有關。

㈩《檜風》：檜國在河南密縣一帶地方，只存詩四首，《隰有萇楚》一詩，表現悲觀厭世的情緒。

㈩㈠《曹風》：曹國在今山東西南部菏澤、定陶、曹縣一帶地方，曹國很小，統治者生活腐化，人民感到悲觀失望，《蜉蝣》一詩爲代表作。

㈩㈡《豳風》：亦作邠，在陝西旬邑、彬縣一帶地方，豳地原來是周人的祖先公劉所開發的，周族是重視農業的民族，所以豳詩多帶有務農的色彩。

第三節 《三百篇》全是樂歌

《詩經》三百篇全是配樂歌唱的樂歌，這種看法從漢代到唐代沒有不同的意見。南宋時代，宋人興起懷疑之風，提出三百篇既有樂歌，也有徒詩（即不配樂的詩歌）的新說，由此形成了《詩經》學史上另一個論爭的話題。首先提出「《詩》有入樂與不入樂」之說法的是南宋的程大昌，他在《詩論》中說：「《南》、《雅》、《頌》是樂詩，而諸國（指《周南》、《召南》之外的十三《國風》）之爲徒詩」。朱熹認同程大昌的說法，進一步提出，宗廟祭祀和歌頌周王朝和西周盛世的詩，稱之爲「詩之正風」，而把那些產生於衰亂之世的諷刺詩和愛情詩，稱之爲「變風」、「變雅」。所謂「變」，就是不符合正統，當然不入樂。明代顧炎武在《日知錄》中還認爲《詩經》三百篇，只有一百篇詩入樂，其餘的都不入樂。而清代的馬瑞辰、皮錫瑞及近代顧頡剛、張西堂等都主張全爲樂歌說，顧頡剛的論文題目就叫《論詩經所錄全爲樂歌》，全爲樂歌說的理由是：

㈠《墨子．公孟》：「誦『詩三百』、弦『詩三百』、歌『詩三百』、舞『詩三百』」。墨子認爲《三百篇》不但都可以歌，而且都可以舞，與音樂、舞蹈的結合十分密切。

㈡《史記．孔子世家》：「三百五篇，孔子皆弦歌之，以求合《韶》、《武》、《雅》、《頌》之音」。

㈢《左傳．襄公二十九年》記載吳國公子季劄到魯國觀樂，「使工爲之歌《周南》、《召南》，又使為之歌《邶》、《鄘》、《衛》、《王》、《鄭》、《齊》、……等諸國之風」，可見《國風》是全部入樂的。

㈣孔穎達作《毛詩正義》指明「《詩》本樂章」。

由此可見，《三百篇》全入樂，已經成為定論，它們原來全是歌曲，我們現在讀的三百零五篇詩，是這些歌曲的歌詞。看來「《詩經》是我國古代最早一部詩歌總集」的提法不夠準確，「《詩經》是我國古代最早一部樂歌選集」的說法更好些。

第四節 《詩經》的應用

一、外交賦詩

春秋時代，在社交交往中，《詩》的作用很大，人們對詩的熟悉，可達到嬉笑怒罵皆可為用的程度，成為中國古代文化一道特殊的風景，尤其在外交場合的作用更為明顯：

《左傳．襄公二十六年》記載晉侯把衛侯囚禁起來，齊侯和鄭伯到晉國來調解，宴會上，晉侯先賦《大雅．嘉樂》作為歡迎曲，表示對兩位國君的歡迎和讚譽，經過一段相互賦詩之後，進入了商談救衛侯的正題，國景子賦《轡之柔矣》（逸詩），用駕馬車要用柔轡做比喻，勸晉侯對小國要寬大；子展賦《鄭風．將仲子》，取詩中「人之多言，亦可畏也」一句，暗喻要考慮到各國輿論，於是晉侯把衛侯放了。

以上事例說明，春秋時代，各國間的外交，往往要通過賦詩表達彼此的立場和意見。所謂賦詩，並不是用自己創作的詩篇來誦讀，而是從《詩經》中點出某篇，由樂工演唱，藉以表達自己的情意或觀點。所賦的詩不一定符合原意，大多採用原詩中的一章，或一句兩句，取其意象做類比發揮，即所謂「斷章取義」，這種方法，對孔子、孟子和後代的說詩，有深遠影響。有學者認為，賦詩過程中，已經賦予詩以自己的思想感情，並且讓聽者能夠理解領會，本身就是二度創作。

二、言語引詩

春秋時期，公卿大夫在談話中常常引用《詩經》中的詩句，藉以加強說服力。《左傳．襄公三十一年》：

> 北宮文子對曰：「《詩》云：『敬慎威儀，惟民之則』，令尹（楚國最高行政長官）無威儀，民無則焉。民所不則，以在民上，不可以終」。

這是北宮文子用《詩經．抑》中的詩句，以表達自己的觀點。由於詩的語言精煉而富有表現力，能夠使語言豐富而生動，還能加強自己語言說服力的緣故，言語引詩，在當時比較常見。到了戰國，孟子、荀子在自己的著作中，也常常引用《詩經》的詩句；到了漢代，劉向的《說苑》、《列女傳》，更是大量引用《詩經》的詩句，以加強其著作的權威。

三、詩教

儒家關於詩歌創作詩學理論之一，語出《禮記·經解》：「孔子曰：『入其國，其教可知也，其爲人也，溫柔敦厚，《詩》教也』，……其爲人也，溫（溫惠）柔（柔和）敦（忠實）厚（寬厚）而不愚，則深於《詩》者也」。這是說，《詩經》中的作品雖然有所諷刺，但不那麼尖銳、直接，這是教人溫柔敦厚的結果。後來儒家利用它作爲詩學理論，要求作家的作品對統治者可以批評諷刺，但要符合中庸之道，「喜怒哀樂，合度中節」，不要超越封建禮教的範圍，並對後代產生長期的影響。但其中也有主張含蓄美的積極因素，對克服文藝創作中過於淺薄、直露的毛病，有一定的意義。

四、《詩》無達詁

語出董仲舒《春秋繁露·精華第五》，他說：「《詩》無達詁，《易》無達占，《春秋》無達辭」。「達」，通暢；「詁」，以今語釋古語。董仲舒的用意是，《詩經》的詩義，不可能有一致的、確定性的解說，而有闡釋的多樣性、多變性。董氏提出這個命題意義何在呢？

㈠爲兩漢經學闡釋元典服務，因爲元典的經學闡釋很多部分要爲當時的政治服務。舊瓶裝新酒，別出心裁，「詩無達詁」可以作爲經學闡釋的理論根據。

㈡《詩經》作爲文學作品，具有多義性和模糊性，該命題客觀上就爲讀者接受《詩經》提供多向性、開放性的闡釋空間，以及讀者接受時的再創造。由此說來，「《詩》無達詁」可以說是中國最早的接受理論，明代謝榛：「詩有可解，不可解，不必解，若水月鏡花，勿泥其跡可也」（《四溟詩話》）；清代王夫之提出：「作者用一致之思，讀者各以其情而自得」（《詩繹》）；譚獻說：「作者之用心未必然，讀者之心何必不然」（《復堂詞錄序》）等接受理論是董說的發展。

五、四家詩

漢代傳授《詩經》有四家，魯詩屬於《詩》今文學派（所謂今文學派，其傳本系用漢代通行的隸書（今文）寫成，在闡釋上，也有共同的特點），因傳授者爲漢初魯人申公（名培）而得名，後來傳《魯詩》的人有瑕丘江公、劉向等，申公著有《魯故》二十五卷，《魯說》二十八卷，到了西晉時亡佚。

《齊詩》，屬於《詩》今文學派。因傳授者爲漢初齊人轅固生而得名。後來傳《齊詩》的人有夏侯始昌、後倉、翼奉、匡衡等。轅固生著有《齊後氏故》、《齊孫氏故》等五種，他的著作到了三國魏時亡佚。

《韓詩》，屬於《詩》今文學派，因傳授者爲燕人韓嬰而得名，後來傳《韓詩》的有淮南賁生、蔡義等。韓嬰著有《韓故》三十六卷、《韓內傳》四卷、《韓外傳》六卷、《韓說》四十一卷。他的著作傳到南宋後亡佚，流傳至今的是《韓詩外傳》。

《毛詩》，屬於《詩》古文學派（其傳本用一種與籀文、小篆不同的古文字寫成，在闡釋上也與今文學派有所不同）因傳授者爲毛亨（魯國戰國末期人）而得名，一說《毛詩》因毛公而得名（毛公有大毛公毛亨、小毛公毛萇二人）。漢代初年，魯、齊、韓三家之學能夠在學宮裏傳授，毛詩之學不可以，只能在獻王劉德的中山國傳授，到了漢平帝時，才得以在學宮裏傳授。東漢以後，《毛詩》盛行於世。漢代傳授《毛詩》的人有貫長卿、解延年、徐敖等。後代闡釋《毛詩》的重要著作有鄭玄《毛詩箋》、孔穎達的《毛詩正義》及陳奐的《詩毛氏傳疏》等。有關《毛詩》的著作有《毛詩》和《毛詩故訓傳》兩種，見於《漢書．藝文志》。

六、世界文化遺產

《詩經》是中國詩歌發展的源頭，它的巨大影響早已越出國界，成爲珍貴的世界文化遺產。自從西元二世紀，《詩經》南傳到印度支那半島和西域各民族，西元五世紀，東傳到朝鮮、日本，成爲東亞漢字文化圈的經典，並成爲東亞各國普遍慣用的讀本。自從西元十七世紀開始，《詩經》有了拉丁文譯本，在歐美各國廣泛傳播。俄羅斯譯本已達十七種之多，並產生了一批《詩經》研究大家，如瑞典的高本漢、美國的王靖獻，俄羅斯的費德林，日本的白川靜等，在當今，世界文學史課程都有一定的章節介紹《詩經》，並給予肯定的評價。美國學者曾將希臘史詩、莎士比亞戲劇、中國《詩經》稱之爲世界三大文學傑作。《詩經》也是世界漢學研究的焦點，一九九三年以來，在中國召開《詩經》國際學術研討會達十三次之多，促進了《詩經》研究的國際交流與合作。

七、詩經學

詩經學是研究《詩經》的內容、性質、特點、源流、派別的一門學問。它在中國有兩千多年的歷史，從先秦到清末可稱爲傳統詩經學，它以經學研究爲主，但也存在著關於文學特點的研究，並有相關的名物、音韻、訓詁、制度、天文、地理等專題研究；一九一八年「五四」新文化運動以後的《詩經》研究，可稱爲現代詩經學，它以文學研究爲核心，並伴有相關的歷史、民俗、文化、考古、文化人類學、美學等專題研究。詩經學是中國國學的一個重要部分，又是一門世界性的學術，十八世紀以後，成爲世界漢學的一個焦點。

第三章　關於六義

第一節　何謂「六義」？

《周禮・春官・大師》：「大師……教六詩，曰風、曰賦、曰比、曰興、曰雅、曰頌」。

《毛詩序》：「故《詩》有六義焉：『一曰風、二曰賦、三曰比、四曰興、五曰雅、六曰頌。』」兩者的六個字排列順序完全相同。《周禮》稱「六詩」，《毛詩序》稱「六義」；而且與現在通行的「風、雅、頌、賦、比、興」的排列順序不同。六個字的排列順序及其內涵，是《詩經》學長期論爭的難處之一。現在的學者認爲，《周禮》的「六詩」，是指貴族學校教國子的六類詩，六類詩的區別是用詩歌的體裁、內容和應用的不同作爲根據的，所以有「六詩皆體」的說法。由於這六類詩都是古時流傳下的古詩，很難做更具體的分析。鄭玄《周禮注》中認爲，「風」是用聖賢之道進行教化的詩；「賦」是鋪陳直敘政治好壞的詩；「比」是不直言而用比喻的方法進行批評的詩；「興」是通過意象來讚美美好事物的詩；「雅」即正，是表揚美好的事物作爲後代人榜樣的詩；「頌」是歌頌美好的德行並有廣泛影響的詩。鄭玄的說法有想像的成分，僅供參考。

《毛詩序》的「六義」說既有對「六詩」說的繼承，又有所發展，從六種詩體發展爲詩歌創作的體和用（即所謂「三體三用」）。正如孔穎達在《毛詩正義・詩序疏》中所說：「風、雅、頌者，詩篇之異體；賦、比、興者，詩文之異辭耳：大小不同，而得並爲『六義』者，賦、比、興是詩之所用，風、雅、頌是詩之成形，用彼三事，成此三事，是故同稱為「義」，非別有篇卷也」。朱熹《詩集傳》又將風、雅、頌稱作「三經」，賦、比、興稱作「三緯」。根據他在《語錄》中的解釋，因為前者為詩的骨幹，故取名為「三經」；後者是詩篇裏面橫串的，故取名為「三緯」。

我們認為，孔穎達對「六義」的詮釋，符合現代流行的《詩經》三百篇說法，即風、雅、頌是三類詩體；賦、比，興是三種基本的表現手法。「六義」的「三體三用」說，不同於《周禮》「六詩」的內涵，但和《詩經》的編排體制及其藝術表現手法相合，所以從唐代以來，得到絕大多數學者的認同。

第二節　風、雅、頌的分類

《詩經》分風、雅、頌三部分，至遲在春秋時代就有了，如：《論語．子罕》：「吾自衛反魯，然後樂正，《雅》、《頌》各得其所」。《左傳．襄公二十九年》記載季劄觀「周樂」，歷述《周南》、《召南》、《小雅》、《大雅》、《頌》。那麼，《詩經》的「三體」——《風》、《雅》、《頌》有什麼分別呢？

一、以政教功用來劃分

以《毛詩序》為代表：「《風》，風也，風以動之，教以化之，上以《風》化下，下以《風》刺下，……言天下大事，形四方之風，謂之雅。雅者，正也，言王政所由廢興也。……頌者，美盛德之形容，以其成功告于神明者也」。

《毛詩序》的意思是，《風》的作用主要是上對下的教化和下對上的諷刺，這種方式猶如風拂面，所以叫「風」，《雅》詩是反映王政興衰的政治詩；《頌》是向神明祭告王侯功德的讚頌詩。

二、以作者和作品的內容來劃分

以朱熹《詩集傳序》爲代表：「凡《詩》之所謂《風》者也，多出于里巷歌謠之作，所謂男女相與詠歌，各言其情者。……若夫《雅》、《頌》之篇，則皆成周之世，朝廷郊廟樂歌之辭，其語和而莊，其義寬而密，其作者往往聖人之徒，固所以爲萬世法程而不可易者也」。

此外，朱東潤在《詩大小雅說臆》中，提出以地域劃分的說法；張震澤在《詩經賦比興本義新探》一文中提出以應用的用途來劃分。以上的說法都有一定的道理，但都不準確，經過一千多年的爭論、探索和近代學者的研究，正確答案應該是《風》、《雅》、《頌》都是樂調名，《詩經》的分類是以音樂爲標準的。如：

南宋王質《詩總聞》卷二：「凡《風》、《雅》、《頌》皆人間所常，侑樂寫情，如今大麯、慢曲、令曲及其他新聲異調者也」；朱熹《語類》：「《風》、《雅》、《頌》乃樂章之腔調，如言仲呂調、大石調、越調之類」（他晚年放棄該觀點）；清代惠周惕

《詩說》說得更明確：「《風》、《雅》、《頌》以音別也」，近代王國維、顧頡剛等人撰文附和。說明《詩經》的分類是以音樂爲標準的說法，以成定論。那麼具體《風》、《雅》、《頌》的音樂情況是如何呢？

關於《風》的音樂是怎樣呢？宋代鄭樵《六經奧論》說：「風土之音曰《風》，朝廷之音曰《雅》，宗廟之音樂曰《頌》」。《左傳．魯成公九年》說：「鐘儀操南音」，范文子稱讚他：「樂操土風，不忘舊也」（按：范文子所說的「土風」，就是指「南音」，他稱讚鍾儀彈奏自己鄉土的音樂）。《大雅．崧高》：「吉甫作誦，其音孔碩，其風肆好」，意思是，尹吉甫所作的一首歌，詩的內容篇幅很長，土調兒極好聽。由此可見，古代所謂「風」，多指聲調說的，鄭風，就是鄭國的調兒，齊風，就是齊國的調兒，都是用地方樂調歌唱的樂歌，好像現在的昆腔、紹興調一樣，十五國風就是十五個不同地方色彩的樂調。

《雅》：是秦地的樂調，也可以稱周秦的樂調，因爲周秦在同一個地方，也就是今天的陝西。這個地方的樂調被稱爲中原正聲。「雅」原是周秦地方流行的一種樂器，章太炎在《大疋小疋說》中引《周禮．周官．笙師》鄭衆注，認爲「雅」是一種狀如漆筒的樂器，它的聲音烏烏，爲秦地樂調的特點，所以「雅」又成爲秦地樂調名，又是西周朝廷所在地的樂調名。好像現在人叫北京的樂調爲「京調」，叫用京調歌唱的戲爲「京戲」一樣，《左傳．魯昭公三十年》說：「天子之樂曰雅」，風、雅的區別，好像現在俗調和京調的區別一樣。

《頌》：是宗廟祭歌，古今看法一致。「頌」字本身有兩個涵義，其一，頌與「誦」字同音通用。而誦作為名詞，在古代的祭祀中，屬於誦讀的祈禱詞。其內容是向祖先或神靈報告輝煌的業績，並祈望祖先或神靈的保佑。其二，頌與「容」相通，「容」，清代阮元在《研經室一集．釋頌》讀作「樣子」，即具有表演意味的舞容，所以《頌》是詩樂舞相結合的一種藝術形式，它用皇家的聲調歌唱，有扮演、舞蹈，而且用大鐘伴奏。明代何楷《詩經世本古義》引陸儼山《詩微》的解釋，頌是一種鏞鐘（古代頌鏞二字通用，古代盛大儀式的大型歌舞，大多用鏞鐘（即大鐘），由新近出土多部大型的編鐘可知）。

風、雅詩的藝術形式是只有清唱，歌詞有韻，聲音短促，重章迭唱，至於頌詩的藝術形式還有什麼特點？王國維《樂詩考略．說周頌》認為頌與風、雅比較，頌的聲音緩慢，詩篇大多沒有押韻，而頌詩沒有分章，不用迭句，篇幅短小等。在莊嚴肅穆的祭祀儀式過程中，有著舒緩而又低沉的歌聲，配合著動作徐緩的舞蹈和祝願禱告的頌詞，這就是《頌》詩的表現形式。

在《詩經》學史上，宋代程大昌、顧炎武等人，主張《南》（包括周南、召南）和《豳》應該從三分類中獨立出來，成為五分類。該說得到大多數學者的否定，因為《詩經》三分類的體制，已經有二千多年的歷史，並得到社會的公認。輕易改動合乎《詩經》實際的體制，容易造成新的混亂。

注 何謂「變風變雅」？

《毛詩序》有「變風變雅」的說法，他說：「至於王道衰，禮義廢，政教失。國異政，家殊俗，而變風變雅作矣」。《毛詩序》在這裏沒有講什麼是「變風變雅」，鄭玄將《二南》二十五篇列爲正風，《邶風》至《豳風》十三國列爲變風。《鹿鳴》至《菁莪》十六篇列爲正小雅，《文王》至《卷阿》十八篇列爲正大雅，《六月》至《何草不黃》五十八篇列爲「變小雅」，《民勞》至《召旻》十三篇列爲「變大雅」（《詩譜序》），他所謂「變」，是對「正」而言，認爲是暴露統治階級的詩，是不正的，實際上《詩經》裏一些怨刺詩和愛情詩都是很優秀的，他所謂正風的《二南》中的《羔羊》，不是一首諷刺剝削者的好詩嗎？《野有死麇》不也是一首優美的愛情詩嗎？所以有學者指出，對該說只能做參考，不要被它所束縛。然而，有後代的思想家，如劉勰在《文心雕龍．通變》中，就利用「變風變雅」的詩學理論，把它作爲「通變說」，以闡明文學歷史中繼承與革新關係的發展規律，亦有可取之處。陳良運說：「文學之『變』的觀念在東漢已經出現了，那就是《毛詩序》和鄭玄《詩譜序》中的『變風』、『變雅』說」。（《周易與中國文學》）

注 何謂《毛詩》？

《毛詩故訓傳》（一作《毛詩詁訓傳》），三十卷，是現存最早的《詩經》最完整的注釋本（古人把解釋經義的書稱之爲傳，傳是傳述的意思，闡釋經義以示後人），它保存了不少先秦、秦漢間儒生對《詩經》的闡釋，是一部研究《詩經》的重要參考書，作者爲毛亨。

注 何謂《毛詩序》？

即《毛詩》各篇篇前的序言，它有《大序》（《毛詩》第一篇《關雎》的《小序》後面有一段論述全書的文字）和《小序》（《毛詩》中各詩之前，闡述主題思想或介紹時代背景的短文）的分別。各篇《詩序》論述的重點不盡相同，大體上以介紹時代背景及主題思想爲主，有時也談及作爲實用性的樂歌的使用範圍、場合和用途。它的不少闡釋，對於人們理解詩意有一定的幫助，但由於採用「以詩證史」的方法，並通過闡釋以宣揚儒家正統思想，所以有牽強附會或曲解詩意的不足。關於作者，前人有子夏所作，或由子夏和毛公合作等說法，至於由東漢衛宏所作的說法，曾經影響很廣，但已由當代學者馮浩非〈論〈毛詩序〉的形成及作者〉所否定。

注 《詩譜》

鄭玄著，根據《史記》年表及《春秋》中的史實，以排比《詩經》各部分的譜系，分別是《周南召南譜》、《邶鄘衛譜》、《王城譜》、《鄭譜》、《齊譜》、《魏譜》、《唐譜》、《秦譜》、《陳譜》、《檜譜》、《曹譜》、《豳譜》、《大小雅譜》、《周頌譜》、《魯頌譜》、《商頌譜》，共十六譜。書中敘述了各部分詩的地域、歷史背景、主題思想和作詩的緣由等。其中的觀點和史料不免有錯誤，也有許多牽強的地方，仍不失其可供參考的價值。原書已經失傳，但可以在《毛詩正義》各部分的開頭看到它。

第三節　關於「賦」

什麼是賦？朱熹《詩集傳》：「賦也者，敷陳其事而直言之。」說明賦的特點是不用比、興的修辭方式，進行直接敘述。對於「賦」的界說，學界沒有不同的意見，只是有些人，把「賦」和「平鋪直敘」畫上等號，認爲「賦」沒有深入研究的必要，這是不足效仿的誤區。

其實「賦」的藝術表現力是比較強的，請看：

一、用直接敘述的方式，層層推進，抒發感情

《豳風．七月》被稱爲詩人用賦法的典型，全詩八章，以十二月爲次序，敘述農夫一年的悲苦生活，好像民歌《十二月小調》。該詩通過春耕、秋收、冬獵，蓋房等，敘述農夫的辛苦勞作：通過採桑（姑娘在山上採桑，還擔心被公子搶去當老婆）、養蠶、織布、制衣等，敘述農婦悲慘的命運。有學者認爲該詩是寫「農家樂」（姚際恆《詩經通論》語）是不合《七月》的實際狀況，農夫「無衣無褐，何以卒歲？」卻要上山打獵，爲公子作狐裘，讓人們想起唐代秦韜玉《貧女》中的「苦恨年年壓金線，爲他人做嫁衣裳」的不平；農夫吃的是野菜，貴族們吃的是最好的糧食，農夫住的是漏風透雨的土窯，卻要爲貴族們蓋高樓宮殿等等。詩中哪裏是像有的學者所說「回味中有一點感歎，有一點憂傷，但更多的卻是和厚、寬宏、樂天知命的憨厚」。

二、採用白描手法進行鋪敘

所謂白描，原指中國繪畫技法名，只單用線條勾繪形象，而不施色彩。在詩中的賦是運用樸素的淺顯語言抒發感情，《王風．君子于役》就很典型：

君子于役，不知其期。曷至哉？雞棲于塒（雞窩），日之夕矣，羊牛下來。君子于役，如之何勿思？

君子于役，不日不月，曷其有佸（相會），雞棲于桀，日之夕矣，羊牛下括，君子于役，苟無饑渴？

這首詩寫一位婦女思念在外丈夫，寫的是，傍晚時候，牛羊下山，雞兒進窩，觸景生情，而在外的親人卻沒有回來，從而引起對在外丈夫的思念。情節簡單，語言通俗，不用比興，純用賦法卻耐人尋味。

㈠該詩最大的特色是把思念選擇在黃昏時刻，因為《詩經》抒寫思念多在風中、雨中，如《鄭風．風雨》。而該詩選擇在黃昏，是因為這個時刻最容易引發傷感之情，鄭慧娘《好事近》說得好：「何處最堪斷腸，是黃昏時節」，方玉潤《詩經原始》評論這首詩說：「傍晚懷人，眞情實景，描寫如畫，晉、唐田家諸詩，恐無此眞實自然」。可貴的是，這種寫法對後代產生了深遠影響，如李清照《聲聲慢》：「梧桐更兼細雨，到黃昏點點滴滴，這次第，怎一個愁字了得？」；辛棄疾《滿江紅》：「最苦是，立盡月黃昏，欄杆曲。」；《紅樓夢．紅豆曲》：「滴不盡相思血淚拋紅豆，開不完春柳春花滿花樓，睡不穩紗窗風雨後，忘不了新愁與舊愁」。

㈡第二章的結尾是「苟無饑渴？」妻子最擔心的是在外的親人吃不飽睡不暖，這是在生存的最根本之處寫思念之情，最眞切也最容易引起共鳴。這是詩中的生命哲學。賀貽孫《詩筏》評論道：「淺而有味，閨閣中人不能深知櫛風沐雨之勞，所念者饑渴而已，此句不言思而思已切矣」。

三、刻畫人物形象

成功塑造了許許多多有血有肉的人物形象，是《詩經》賦法的另一個特色。《大雅・公劉》是周民族開國史詩之一，該詩按照時間的順序完整地敘述了公劉從邰（陝西武功縣）遷到豳（陝西彬縣、旬邑一帶），艱苦創業的全過程，從而刻畫出一個不貪安逸、具有遠見卓識、奮進不懈的文武雙全的領袖形象，詩中第二章鋪寫公劉到豳地，便不辭辛苦翻山越嶺勘察地形，表現了公劉勤政的精神風貌；在鋪寫公劉到山上視察之後，筆鋒一轉，刻畫了公劉佩刀的颯爽英姿和軒昂的儀態，是很傳神的一筆。姚際恆《詩經通論》評說：「描摹極有致態，亦復精彩」。

《衛風・氓》是首棄婦詩，詩中寫女子盼望情人時寫到：

乘彼垝垣，
以望復關，

泣涕漣漣；
既見復關，
載笑載言。

所謂「峗垣」，《毛傳》認爲是將要倒塌的高牆，有學者反對這種說法。其實正是這種特定的環境，才寫出女子狂熱的戀愛心理。而當這位女子被無情的拋棄之後，她沒有求饒，沒有哭泣，而是，「反是不思，亦已焉哉」（違背誓言你不顧，那就從此算了吧），女主人毅然與「氓」決絕，一刀兩斷，女主人剛烈不屈的個性，令人崇敬。其他如《邶風．靜女》中憨厚可愛的小夥子，《邶風．簡兮》中舞師魁偉的身軀，雄健剛勁的舞姿：

碩人俁俁（舞蹈時搖擺形狀），
公庭萬舞，（周天子宮廷舞蹈名）。
有力如虎，
執轡如組。

左手執籥（笙）
右手秉翟（雄野雞毛）。
赫如渥赭（臉上通紅像染色），

公言賜爵（大酒杯）

裴普賢《詩經評注讀本》：「讀了二、三章，頗似觀賞現代芭蕾舞，時而雄壯，時而柔婉，然均充滿了『力』和『美』，充分表現了舞蹈的最高藝術，令人激賞。詩中一筆舞師的單相思，又引人遐想。此外，《詩經》中的賦，在抒情、寫景等方面也有獨特的地方」。

第四節　關於「比」

朱熹：「比者，以彼物比此物也」。

所謂比，它借助兩類不同屬性的事物相比較，使抽象事物變得具體、形象；或者讓描寫的事物的情狀更加鮮明、生動。《詩經》中的比主要有兩類，即比喻和比擬。

《詩經》中的比喻主要有四種方式：

㈠明喻：是正文與被比喻者中間用一個「如」（有使用與「如」意義相同的字）字來作媒介，常用的方法是用日常生活中人們熟悉的事物來作比，如「有女如玉」（《召南．野有死麕》）這是用玉潔白柔潤的屬性來刻畫人物的容貌美麗和性格溫柔；又如「有力如虎」（《邶風．簡兮》）這是用具體事物來描繪抽象事物。

㈡隱喻（又稱暗喻）：它的特點是比喻事物與被比喻事物雖然同時出現，但中間省略「如」等喻詞。明喻的形式，是「甲如乙」，而隱喻的形式是「甲是乙」，如「螓首蛾眉」（《衛風．碩人》），像蟬兒一樣寬廣的前額，又像蠶蛾那樣細長的眉毛。「莠言自口」（《小雅．正月》），說出的話，像不結實的禾苗那樣無稽。

㈢借喻：指把正文全部隱藏的比喻，即以比喻代替正文，如《魏風．碩鼠》中的「碩鼠碩鼠，無食我黍」，詩人借用田間土老鼠來比喻貪婪的剝削者，《邶風．新台》：「燕婉之求，得此戚施」，所謂「戚施」就是癩蛤蟆，借它比喻醜陋的衛宣公。

㈣博喻：指用三個以上的比喻去描繪某一事物，讓某一事物具有多方面的特徵。博喻的源頭就出自《詩經》，《邶風．柏舟》：「我心匪鑒，不可茹（容納）也……我心匪石，不可轉也，我心匪席，不可卷也」。用三個比喻突出地表現了忠於愛情的堅定決心。《小雅．斯幹》：「如跂斯翼，如矢斯棘，如鳥斯革，如翬斯飛」。可翻譯為「端正有如人企立，齊整有如利劍急，寬廣好似鳥展翼，華麗賽過錦毛雞」。描寫周王宮殿的宏偉壯麗和飛動之美，已經成為我國古代建築藝術的一個重要特點。

《衛風．碩人》是首讚美衛莊姜的詩，第二章用博喻的方式對莊姜之美作了精彩的描繪：

手如柔荑，
膚如凝脂，
領如蝤蠐，

螓首娥眉，
巧笑倩兮，
美目盼兮。

詩人用又白又嫩的茅芽寫手的美，細膩潔白的油脂寫皮膚的白，白而修長的天牛幼蟲形容莊姜脖頸白而修長，用瓠瓜的籽形容她牙齒整齊有光澤。姚際恆《詩經通論》評論說：「千古頌美人無出其右，是爲絕唱」。姚氏的評論很好，需要補充的是，因爲有了後兩句，描寫莊姜的巧笑和眉目傳情，才讓莊姜活了起來，不然，莊姜只能像廟裏的觀音菩薩，沒有靈性。眼睛是心靈的窗戶，《碩人》是我國最早畫眼睛的藝術範例。《長恨歌》：「回眸一笑百媚生，六宮粉黛無顏色」正是從後兩句發展而來。後代博喻描寫得好有韓愈《聽穎師彈琴》、蘇軾《百步洪》等，特別是賀鑄《青玉案》：「若問閒愁都幾許？一川煙草，滿城風雨，梅子黃時雨」。既寫出閒愁之多，又點明春末夏初時節，更添惆悵。

《詩經》中的比擬有兩種，一是擬人，一是擬物。擬人是把物當作人，擬物是把物當作人。《豳風．鴟鴞》全詩採用擬物手法：詩人賦予母鳥以人的語言、情感、心理，寫她抵禦外侮，保護幼子，從而遭受種種磨難與痛苦，寓意深刻，感情眞摯。後代許多寓言詩正是從它發展而來，例如漢樂府民歌中的《烏生》、《枯魚過河泣》、《蝶蝶行》等；《小雅．鶴鳴》則是一首希望重用賢人的擬人詩，全詩二章，只選一章：

鶴鳴于九皋，
聲聞于天。
魚在于渚，
或潛在淵。
樂彼之園，
爰有樹檀，
其下維谷。
他山之石，
可以攻玉。

全詩純用寫景，意在言外，把「鶴」、「魚」、「檀樹」、「他山之石」，比作賢人，把「蘀」、「鶴」比作小人。希望朝廷能用賢人，遠離小人。

第五節　關於「興」

興在「三用」中，是《詩經》學中一個討論的焦點之一，有學者認爲，興是儒家學者爲了建立經學體系而創造出來的。我們認爲，儒家學者利用興來建立經學體系是一回事，它在《詩經》中是否存在又是一回事，不能混爲一談。另外，我們應該看到，經學家們擴大了興的內涵和外延，從而構建新的經學體系，既符合接受美學的原理，又肩負著傳承著禮樂文化，構建精神家園的歷史使命，具有重要的文化價值。一部《詩經》學史不僅是一部中國人的五千年心靈史，也是中國主流文化精神和主流意識形態的演變史。過去我們研究文學的人往往把經學當封建糟粕而嗤之以鼻，是不對的。

從文學的角度說起，興在《詩經》中，主要有兩種情況：

㈠多用在首句的起頭，因爲興有「起」的含義，只起到發端和調節音律的作用，與下文無關。所以朱熹說：「先言他物，以引起所詠之詞」（《詩集傳》）例如《小雅．鴛鴦》第二章與《小雅．白華》第七章都用「鴛鴦在梁，戢其左翼」起興，但所引起的所詠之詞大相徑庭，一爲祝頌，一爲訓斥。《鄭風．揚之水》用「揚之水，不流束薪」起興，是一首夫妻即將分別，丈夫對妻子囑咐的詩；而《王風．揚之水》的起興與《鄭風．揚之水》的起興完全一樣，但它寫的是一首戍卒思歸的詩。這種與正文無關的起興，後代也有，例如古詩中的「青青陵上柏，磊磊澗中石，人生天地間，忽如遠行客」，又如「高山有崖，樹木有枝。憂來無端，人莫之知」，民歌中的「櫻桃好吃樹難栽，山歌好唱口難開」，說唱中的「竹板響響連天，說個好漢武二郎」等等。

㈡起興與正文有關聯的，例如《周南．關雎》：

關關雎鳩，
在河之洲。

窈窕淑女，
君子好逑……。

詩裏用「在河之洲」的雎鳩（王鳩，似鳧雁）的和鳴聲起興，以歌詠男子對女子的追求；《周南．螽斯》用「螽斯羽」起興，以歌詠多子多孫之幸福（螽斯爲多子的蝗蟲）。《周南．桃夭》：

桃之夭夭，
灼灼其華。
之子于歸，
宜其室家。

用「桃之夭夭」讚頌新嫁娘的面如桃花那樣美麗。錢鍾書《管錐篇》把「桃之夭夭」解釋成「桃之笑笑」，猶如李白《古風》：「桃花開東園，含笑誇白日」，是讚美新娘的喜悅與和善。

那麼，興在《詩經》中有什麼作用呢？

一、調節音律，喚起感情的作用

《詩經》的興句大多用摹聲、狀物的疊詞來描繪景物，所以唱起來音節鏗鏘，和諧悅耳。例如《小雅．鹿鳴》用「呦呦鹿鳴，食野之蘋」起興，有音響抑揚之美，使人如聞其聲，如見其形，而且能夠喚起主人與賓客和樂相處的感情。《草蟲》：「喓喓草蟲，趯趯阜螽」引起強烈的思念之情；《桃夭》：「桃之夭夭，灼灼其華」能夠形成新婚歡樂的氣氛；《小雅．伐木》：「伐木丁丁，鳥鳴嚶嚶」以喚起親朋故舊互相關心，互相幫助的感情。

二、用以感發，讓抒發的情感更具合理性、生動性

興大多是自然中的景物，山水花鳥蟲魚，每當詩人看到外界的景物的時候，自然觸動了心中的情感，從而寫出動人的詩篇。《召南．摽有梅》是首情歌：

摽有梅，其實七兮，求我庶士，迨其吉兮！
摽有梅，其實三兮，求我庶士，迨其今兮！
摽有梅，頃筐塈（取）之，求我庶士，迨其謂之。

一位女子在田間的時候，看見梅子紛紛落地，引起她青春消逝的感傷。起初當她看到

樹上的梅子還有七分未落地時候，覺得還不急於結婚；當她看到樹上的梅子還有三分的時候，聯想到自己青春的消逝，希望馬上就能找到歸屬，當她看到樹上的梅子完全落光，聯想到自己將要年老色衰，渴望馬上就能夠與男子同居，從而表達了女子急於出嫁的心理。該詩描繪眞確的動態心理過程，是很成功的。《王風．葛藟》是一首流落他鄉者悲吟的詩，當他看見山上長長的葛藟得其所地生長在河邊的時候，觸動了他離開自己的家，過著仰人鼻息的生活的痛苦，寫下了這首令人歎息的詩；《小雅．大東》寫詩人看見家中曾經擁有的，貴族才能使用的高貴餐具，再聯想到今日的落魄與痛苦，不免流下傷心的淚水。

此外，在渲染氣氛和寫景方面，也有一定的作用，例如《葛覃》首章：

葛之覃兮，
施于中谷，
維葉萋萋。
黃鳥于飛，
集于灌木，
其鳴喈喈。

這裏的「興」，是一幅相當美麗的圖畫：那滿山遍野的葛藤，綠葉密密層層，葛生的藤條不斷生長，延伸到山谷。一群黃雀兒飛呀飛呀，落在灌木叢中，嘰嘰喳喳叫個不停。

這一美麗且有聲有色的景象，是少女時代的回憶，從而湧起急切回家看望父母的思緒（有學者認爲：《詩經》沒有景物描寫，只有「一草一木一石」的景色，發展到《楚辭》才稱得上有景物描寫。這種看法是不對的，該章同《小雅鶴鳴》《豳風東山》第二章關於家鄉荒蕪破敗的眞彩景物描寫都可證明）；《蒹葭》首章展現了一幅蕭瑟冷落的秋景，使全詩籠罩了一層淒清落寞的情調。

注 何謂比興？

顧名思義，所謂比興，由興和比結合爲一體的藝術表現手法，它是一個完整的詞，不能分開。它的特點是：

1.《詩經》中的興大多在詩歌的開頭，而後來的比興可以在詩歌的開頭，也可以在中間。例如漢樂府《長歌行》中的「百川東到海，何時復西歸」，說明如果少壯不努力，則將老大徒傷悲，而這兩句是放在詩的中間；曹丕《燕歌行》最後兩句「牽牛織女遙相望，爾獨何辜限河梁」，意爲牛郎織女不能相會，就像自己和丈夫不能團圓，是放在最後的比興。

2.後代的比興大多有寄託，王逸《楚辭章句．離騷序》：「《離騷》之文，依《詩》取興，引類譬喻，故善鳥香鳥，以配忠貞；惡鳥臭物，以比讒佞；靈修美人，以媲于君；

宓妃逸女，以比賢臣；虯龍鸞鳳，以托君子；飄風雲霓，以為小人」，是比興運用的好例。漢樂府的《烏生》、《枯魚過河泣》、《雉子班》等禽言詩，曹植的《美女篇》、《七步詩》、陳子昂《感遇詩》、杜甫的《佳人》等都是有所寄託之作。

3.發展到後來，比興成為形象思維的代名詞。李夢陽《詩集自序》：「《詩》有六義，比興要焉，夫文人學士，比興寡而直率多，何也？出於情寡而工於詞多也」。

第四章　《詩經》的思想內容（上）

《詩經》的思想內容相當廣泛，涉及到社會生活的各方面，所以有中華文化的百科全書，和周代社會一面鏡子的美譽。然而如果要按《詩經》的思想內容作具體的分類與詮釋，就存在著具體問題：其一是具體詩篇存在著內容的交叉，一些詩篇既是周民族史詩，又是祭祀詩，許多農事詩又與祭祀詩相關聯；其二是當代學者對內容的劃分意見不一致，有六分類、七分類、八分類、甚至有十三分類等。我們只能就內容的側重，分為1.反映愛情、婚姻和家庭生活的樂歌2.歌唱生產勞動的樂歌3.反映戰爭與行役樂詩4.政治美刺詩5.宴飲詩6.祭祀詩7.周族開國史詩七大類。

第一節　反映愛情、婚姻和家庭生活的樂歌

關於男女戀愛、婚姻及家庭生活的詩歌，在《詩經》中占有相當大的比重。王宗石《詩經分類詮釋》認為《國風》中愛情詩五十二首，婚姻嫁娶詩二十首、家庭生活詩二十五首。《雅》中有八首婚姻家庭生活詩，合計一百零五首，超過《詩經》總數三分之一。王先生的統計不一定準確，但婚戀詩占多數是可以肯定的，而且多數是上乘之作，所以要先學習它。

一、愛情詩

愛情是詩歌永恆的主題，是一種既有民族性，又有全人類共同性的文學現象。保加利

亞學者瓦西列夫說：「愛情是一種作爲男女關係上的一種特殊審美感而發展起來的，愛情創造了美，使人對美的領悟能力敏銳起來」（《情愛論》）。如果把具有審美特徵的《詩經》的愛情詩放在世界文學中進行考察，它的許多詩篇都是世界文學的珍品。

㈠抒寫相思與追求的愛情詩，代表作有《周南》中的《關雎》、《漢廣》、《召南·摽有梅》、《鄭風·風雨》、《陳風·月出》、《秦風·蒹葭》等二十多首。《月出》抒寫男子對在月光下婀娜起舞美女的深情思念。《關雎》是一首著名的愛情詩：

關關（水鳥相和的叫聲）雎鳩，在河之洲，窈窕（苗條的身段）淑（溫柔善良）女，君子好逑（配偶）。

參差（長短不齊）荇菜，左右流（求，擇取）之。窈窕淑女，寤寐（醒和睡）求之。

求之不得，寤寐思服（思念）。悠哉悠哉（形容思念悠長的樣子），輾轉反側（在床上翻來覆去，不能安眠）。

參差荇菜，左右采之。窈窕淑女，琴瑟友（親愛）之。

參差荇菜，左右芼（選擇）之。窈窕淑女，鐘鼓樂之。

寫男子在追求不得的情況下，做了一個白日夢，幻想有一天和心愛姑娘結婚，並讓她幸福快樂；《漢廣》也是一首愛情詩：

南有喬木，不可休思（語氣詞）。漢（漢水）有遊女，不可求思，漢之廣矣，不可泳思。江之永矣，
不可方（筏子，這裏作動詞用）思。
翹翹（高高的）錯薪（雜亂的柴草），言刈（割）其楚（荊棘）。之子（這個姑娘）于歸（出嫁），
言秣（以草料餵馬）其馬。漢之廣矣，不可泳矣，江之永矣，不可方思……。

該詩寫男子在「不可求思」的情況下，幻想在心愛女子結婚的時候，能夠把馬餵得肥肥的，爲姑娘做一件高興有益的事，所謂「雖爲執鞭，猶欣慕焉」。在舊時代，這種對女性的尊重與體貼，是一種愛的昇華，並積澱於民族的心理之中。相較於今天有人在追求不到的時候，用硫酸讓女方毀容，或者舉起手中的刀子傷害對方，不知好多少倍。孔子用「樂而不淫，哀而不傷」來評論《關雎》的藝術表現，說明該詩的藝術符合藝術心理學「快適度」理論，它告訴人們，在盡情抒發情感的時候，要注意情感力度的控制，做到「喜怒哀樂，合度中節」。詩中的「窈窕淑女，君子好逑」、「鐘鼓樂之」已經成爲後代慣用的成語。《蒹葭》也是一首愛情詩：

蒹葭（蘆葦）蒼蒼（茂盛鮮明的樣子）
白露爲霜，
所謂伊人，
在水一方（旁）。

溯洄（逆著河流向上走）從之，
道阻且長。
溯游（順著河流向下走）從之，
宛（彷彿、好像）在水中央。……。

這首詩抒寫對「在水一方」女子的思念，「在水一方」已經編爲歌曲，廣爲流傳，「蒹葭之思」、「秋水伊人」是慣用的成語。《鄭風．風雨》一詩寫一位女子在風雨之夜，思念在外的丈夫：

風雨淒淒（風雨的聲音），雞鳴喈喈（雞鳴聲），既見君子，云胡（爲何）不夷（高興）！
風雨瀟瀟，雞鳴膠膠（雞鳴聲）。既見君子，云胡不瘳（病癒）！
風雨如晦（昏暗），雞鳴不已，既見君子，云胡不喜！

「風雨瀟瀟」、「風雨淒淒」也是慣用成語，許多志士仁人處在「風雨如晦」的境地，仍以「雞鳴不已」來鞭策自己，鼓勵自己。
《衛風．伯兮》是一位女子思念她遠征丈夫的愛情詩：

伯兮朅（威武健壯的樣子）兮，邦（國家）之桀（同傑，才智出眾）。伯也執殳（古代一種竹製的武器。）

自伯之東，首如飛蓬（蓬草遇風四散，比喻頭髮散亂），豈無膏沐（髮油），誰適爲容（修飾容貌）……。

可以看出，她因爲思念在外征戰的丈夫而無心打扮，同時也爲身強力壯，武藝高強的丈夫，能夠到前線去參加一場保衛家邦的戰爭而自豪。

培根說：「人的天性在私生活裏是沒有虛飾的」，本詩中，她把愛丈夫和愛家邦的感情完美地結合起來，正是這種發自內心的感情，才顯示出崇高的情操美之強大生命力。

㈡抒寫相戀的愛情詩，代表作有《召南．野有死麇》、《邶風．靜女》、《鄭風》中的《出其東門》、《子衿》、《衛風．木瓜》等近二十篇。《靜女》一詩寫了一對情人幽會的生動有趣的場面，表現了一個天眞活潑、聰慧美麗的少女和一個憨厚癡情男子相戀的情景。

《出其東門》的大意是說：雖然在遊人中有那麼多彩雲一般的美女，但我所鍾愛的是那位素衣青巾的女子。這首詩表達了愛情專一美，它展現了古代人民群衆坦蕩眞純的情操，它比起那種「豈其食魚，必河之魴；豈其娶妻，必齊之姜？」（《陳風．衡門》）以及「歡樂吧，年輕人，趁著尙未結婚，欣賞每一個女孩吧，不要盯住一個，也不要只愛一個。愛情可不是什麼好事，愛情會致人於死，火焰燃燒又會熄滅」（瓦西列夫《情愛論》引詩）的愛情觀，可謂天南地北，相差萬里。雪萊說：「彷彿要把愛情建立在人類心靈中當作紀念碑，以至戰勝肉欲與暴力爲最輝煌的勝利」。《詩經》中的愛情詩的價值就在這裡。

《木瓜》寫情人間互相贈送禮物，第二章：

投我以木桃，
報之以瓊瑤。
匪報也，
永以爲好也。

詩分三章，每章四句，語言直樸流動，格調明快自然，始終採用清香馥郁的木瓜和晶瑩透徹的瓊瑤作爲信物，相互交換，反映了古代青年男女對自由愛情生活的憧憬。後代就有了「投桃報李」的成語。《子衿》寫一位少女在城樓守望情人的到來，「一日不見，如隔三秋」今天仍被用來表達思念之情。

㈢抒寫女性在愛情生活中的波瀾或挫折，《鄭風．狡童》寫相戀中因爲對方的疏遠而吃不下飯，睡不著覺，《鄭風．褰裳》寫一位女子等不到情人前來約會，氣得發誓說；「子不思我，豈無他人」。表現了不依附男子的自主精神，這種具有自主意識的心聲，在以後漫長的封建社會裏，很難聽到。《鄘風．柏舟》寫一位少女熱戀一位少年，受到家庭的反對，她表示死也不變心。她讓我們想起英國詩人彭斯的名詩《一朵紅紅的玫瑰》：

一直到四海枯竭，親愛的，到太陽把岩石燒化；我一直愛您，親愛的，只要生命之流不絕。

德國詩人海涅的《抒情小曲》：

我愛過您。而今還愛您，既使世界化爲灰塵，從它的瓦礫之中，還有我的愛火上升。

漢代樂府民歌《上邪》也是這種情感的眞誠表達。

《詩經》有三首棄婦詩，分別是《衛風．氓》、《邶風．谷風》、《小雅．谷風》，三位棄婦都是經歷著貧賤相依，富貴被棄的辛酸經歷。《氓》中女主角結婚後，勤儉持家，氓外出經商，富裕後卻把她拋棄了。《谷風》也是「生活慢慢好起來，男的就變心了」（程俊英語），而《小雅》的《谷風》也有「將安將樂，女（汝，指男子）轉棄予」的悲哀，時至今日，不是也有「男人有錢就變壞」的罵聲嗎？

二、婚姻、嫁娶與家庭生活的樂歌

《詩經》中有許多婚姻詩，從中可以看出古代婚姻、嫁娶習俗，及其發展過程。《周南．桃夭》是一首慶賀女子出嫁的樂歌，《鄘風．君子偕老》歌頌國君新婚，祝賀他們白頭偕老。《鄭風．女曰雞鳴》和《齊風．雞鳴》都通過男子戀床不起，寫新婚夫婦幸福與樂趣。《召南．何彼穠矣》描述貴族女子出嫁，誇飾新人高貴，從嫁的排場等。《詩經》還有許多抒寫家庭生活的詩歌，《小雅．棠棣》歌頌兄弟友愛，手足相親。《小雅．伐木》歌頌友誼。母愛是人間最崇高而又溫馨的愛，有詩人唱道：「如果說，愛如花的甜美，母愛就是那朵甜美的花」，《邶風．凱風》是歌頌母愛的名篇，古樂府《長歌行》和孟郊《遊子吟》都受其影響。《小雅．蓼莪》是首哀悼父母的詩歌，詩中具體回憶父母養育自己的過程，眞確自然：

父兮生我
母兮鞠（養）我，
拊（撫摸）我畜（愛護）我，
長我育我，
顧（看顧、關心）我復（反復思念）我，
出入腹（抱在懷裏）我。
欲報之德，
昊天罔極。（整句意思是，父母的恩德，就像沒有邊際的天空那樣大，無法報答。）

孝敬和贍養父母是中華民族傳統美德，該詩是最早表現這一主題的名篇，影響較大。《後漢書．陳宏傳》、《晉書．孝友傳》、《齊書．高逸傳》都記載一些歷史人物讀了本篇而受感動的故事。其中「蓼莪之思」成爲傳達孝心的成語。

愛情詩是《詩經》中最爲晶瑩璀璨的一部分，具有極高的文化和美學價值，應該承認。在先秦時期，人們對於《國風》多言男女之事，抱持著比較正面、肯定的評價。荀子就說過，「《國風》之好色也，《傳》曰：『盈其欲而不愆（過失）其止（禮儀）。誠可比于金石，其聲可內（納）于宗廟』」（《荀子．大略》），到了兩漢經學時代，儒家學者爲了建立經學體系，採用政教美刺的學說，對愛情詩進行改造，以至於讓它失去本來面目。到了宋代，朱熹對愛情詩看法很矛盾，認爲它屬於「里巷歌謠」、「男女各言其情」的詩，又把它斥之爲「淫詩」（《詩集傳》），朱熹的弟子王柏著《詩疑》，甚至主張把《詩經》中三十一篇愛情詩砍掉。直到「五四」以後，才眞正恢復了它的本來面目。（林按：先秦時期「好色」是愛情的意思，司馬遷《史記．屈原列傳》：「《國風》好色而不淫」可證。）

第二節　歌唱生產勞動的樂歌

生產勞動是人類生存必要的手段，考古發掘證明，我國在一萬多年前的新石器時代，便開始進行農業種植。西周以農立國，對農業生產更爲重視。《詩經》中反映生產勞動（特別是農業生產）的詩歌主要由兩部分組成：

一、直接抒寫勞動生產的樂歌

《豳風．七月》反映了豳地農民一年四季的勞動過程和勞動生活的各個方面，是《詩經》中的名篇。是由根據豳地的農諺歌謠編制而成，類似後代「月令歌謠」。詩中的農夫辛勤勞動，勞動成果絕大部分歸領主所有，他們還要從事種種勞役，並去祝福領主「萬壽無疆」，整首詩透露著勞動者的不平之氣，但二十世紀五〇年代，有人爲了宣傳階級鬥爭理論，把《七月》說成是一首「奴隸之歌」，是不合實際的，因爲詩中的農夫已有一點家庭私有經濟，有一部分人身自由，與沒有人身自由，等同於牛馬的奴隸不同（參見前章《七月》）。

《周南．芣苢》是一首描寫婦女採摘勞動的樂歌：

> 采采芣苢，薄（發語詞，也有勉力爲之之意）言采之。采采芣苢，薄言有（拾得）之。
>
> 采采芣苢，薄言掇（ㄉㄨㄛˊ，拾得）之。采采芣苢，薄言捋（ㄌㄩˇ，從莖上成把的抹下來）之。
>
> 采采芣苢，薄言袺（ㄐㄧㄝˊ，用手捏著衣兜）之，采采芣苢，薄言襭（ㄒㄧㄝˊ，用衣襟兜起來）之。

該詩如同勞動山歌。芣苢，即車前子，古人認爲可以治療不孕症、難產。其勞動過程是先拾起地上的，再捋取枝頭上的；先用手拿著衣襟去兜，後來越採越多，就用結在衣帶間的衣襟裝了。婦女們一面採，一面唱，以鮮明的節奏和優美的旋律，表現了勞動的愉快和滿載而歸的歡欣。心理過程和勞動過程的統一，內容和形式的統一，是這首詩歌的重要特點。方玉潤《詩經原始》評論道：「讀者試平心靜氣，涵詠其詩，恍聽田家婦女，三三五五，於平原曠野，風和日麗中群歌互答，餘音嫋嫋，若遠若近，忽斷忽續，不知其情何以移，而神之何以曠……今世南方婦女，登山採茶，結伴謳歌，猶有此遺風云」。方氏對該詩的鑑賞，值得學習。

周人以農立國，農牧結合，《小雅．無羊》是一首富有情趣的牧人之歌，歷來公認爲神形兼備的名篇。詩篇描述牛羊成群結隊而來：

爾羊來思（語尾助詞），
其角濈濈（ㄐㄧˊ ㄐㄧˊ，眾多聚集的樣子）。
爾牛來思，
其耳濕濕（牛反芻時耳動的樣子）。
或降于阿（小山坡），
或飲于池，或寢或訛（動）。

詩裏寫到了羊群犄角相聚而不互相抵觸，寫到了牛吃食時兩耳搖動，牛羊有的在水邊喝水，有的在草地上跳躍，有的臥躺在草地上，栩栩如生，十分生動。其中描寫到牧人披著長衣，戴著斗笠，身上背著乾糧，還要沿途打獵，勾勒出一個風裏來雨裏去，不辭辛勞的牧人形象。其中寫了牧人把臂一揮，牛羊都進了圈的一筆，既寫出牧人放牧的嫻熟，更增添了畫面的生動逼眞。王漁洋評論道：「余因思三百篇眞如此之肖物，字字寫生，恐史道碩、戴嵩畫手，未能如此極妍盡態也。」（《漁洋詩話》）這裏我們不妨與同樣描寫放牧的《魯頌・駉》比較一下，該詩就顯得文字呆板，遠不及《無羊》來得有神采。

狩獵是周代勞動的一個項目，《詩經》裏反映這種生活的，有《周南・騶虞》、《齊風・還》、《鄭風・太叔于田》等。有學者指出，爲什麼古埃及、古印度、古巴比倫文化消失了呢？而獨獨中國的古文化綿延不斷傳承至今？大約只能從生活在黃河、長江流域的這個族群世代以農業生產爲自己全部生活的中心來解釋。

二、祭祀詩中反映農業生產的樂歌

《周頌・良耜》雖然是一首秋後報答土地神、穀神的祭歌，但詩中用很大篇幅寫了農夫們戴著斗笠，手握農具，辛勤地播種、鋤草、施肥、收割等農業勞動，以及婦女們忙著到田間送飯的情形。展現了一幅豐富多彩、生動活潑的集體農業生產的圖畫。《周頌・載芟》是一首舉行籍田禮的樂歌。所謂籍田典禮，就是周天子率領諸侯、大夫和各級官員，攜帶農具到「籍田」（天子自留地）犁地，周天子用耜（鐵鍬）象徵性挖幾下，以示躬耕。其他官員按等級進行相應勞動。有人認爲這種儀式是統治者在做戲，具有一定的欺騙性，我們認爲這種看法是不對的，因爲周人以農立國，周公曾經告誡最高統治者要懂得稼穡之艱難，該典禮具有示範作用，並以此激發周人的勞動熱情。而且在農業生產過程中，統治者的躬親督率是周王朝的要政之一（西周王朝還有饁禮，它規定每年春天開始耕田的時候，周天子有帶著官員到田間給農夫送飯的儀式）。根據《史記．屈原賈生列傳》記載：漢文帝為了發展生產「始開籍田躬耕，以勸百農」。說明這種儀式對後代有良好影響，近代植樹節，最高領導人到公園植樹，也是這種優良傳統的繼承。請看《載芟》一詩：

載芟（除草）載柞（砍樹），
其耕澤澤（形容耕地時霍霍的聲音）。
千耦（兩人並耕，千，形容人數之多）其耘，
徂隰（低地）徂畛（田間小道）。
侯（有）主（周王）侯伯（公卿大臣），
侯亞（低級的大夫）侯旅（一般的士人），
侯彊（強壯）侯以（弱小）。
有貪（眾人吃飯的聲音）其饁（一ㄝˋ，送飯），
思媚（美好）其婦。

該詩具體再現了兩千人在田野上大規模從事集體勞動的情景，對研究中國農業史和西周社會有重要價值。另外，詩中一個細節寫的是，溫柔嫵媚的妻子到田間給農夫送飯，大

家吃得很香，展現了夫妻的恩愛。充滿了生活情趣。

《小雅》中的《甫田》是一首周王在春夏之際祭祀土地神、農神和四方神的樂歌：

曾孫（周王在祖先之前的自稱）之稼，
如茨（屋頂）如梁（橋樑），
曾孫之庾（糧倉），
如坻（高地）如京（小山），
乃求（造）千斯倉，
乃求萬斯箱（房間）。

最後一章，描寫周王的糧食堆得像屋頂、橋樑一樣高，千座糧倉猶如一座座高丘，可見當時農業生產達到相當大的規模。《大田》是首周王禋祀（指在野外燒火升煙，祭祀皇天和四方神）的樂歌。展現春耕、播種、夏耘，除害，秋成，收穫等農業活動。其中用火燒蝗蟲的方法對唐代姚崇滅蟲有一定影響。

第三節 反映戰爭與行役的樂歌

一、反映戰爭的樂歌

在中國，戰爭最早時期可以追溯到傳說中的黃帝時代，黃帝曾經與炎帝大戰於阪泉之野。自此之後，戰爭從未停止過。《詩經》中的戰爭詩有七篇，《小雅》的《采薇》、《出車》、《六月》、《采芑》；《大雅》的《江漢》、《常武》；《秦風》的《小戎》、《無衣》等。從戰爭的性質看，有正義與非正義的不同。《詩經》中的戰爭詩都屬於正義的戰爭。《六月》是首周宣王時，派大臣尹吉甫率軍出征，大勝班師回朝後，慶功宴會上所唱的樂歌，詩的首章：

六月棲棲（ㄒㄧ ㄒㄧ，忙碌緊張）

戎車既飭（整治），

四牡（戰馬）騤騤（強壯），

載是常服（軍旗）。

玁狁孔熾（氣焰囂張）

我是用急，

王于出征，

以正王國。

這次戰爭是由西北的獫狁族侵犯中原，甚至打到周王朝的腹地涇陽、大原（在陝甘一帶，朱熹認爲大原即山西的太原是錯誤的）一帶。朱熹說：「〈司馬法〉，冬夏不興師，今乃六月而出師者，以獫狁孔熾，其事危急，故不得已而王命於是出征，以正王國也」（《詩集傳》），可見這次戰爭完全爲了自衛。《常武》是首歌頌周宣王親征淮、徐凱旋而歸的樂歌。常武就是尙武，意謂奪取和保持政權，必須有武裝力量。詩中第五章用「如飛如翰（高飛），如江如漢，如山之苞（環抱），如川之流」四個比喻形容王師勢不可擋，戰無不勝的氣勢，有人評爲：「有天地褰開，風雲變色之象」。《大雅．大明》中描寫周武王伐殷紂王的牧野之戰：

牧野（在今河南淇縣南）洋洋（寬廣），
檀車（戰車）煌煌（高大的樣子），
駟騵彭彭（馬奔馳的聲音），
維師（太師，古代最高統帥）尚父（姜太公）。
時維鷹揚（如鷹之飛揚，形容姜太公指揮軍隊之雄姿）。
涼（輔佐）彼武王，
肆伐（輕兵突襲進攻）大商。
會朝清明（一朝開創新氣象）。

這裏把牧野之戰寫得有聲有色，氣勢磅礴，是中國古代戰爭一個很好的範例。也反映了中興時代的民族精神風貌。《出車》是首歌頌周宣王時，大將南仲率師北伐玁狁，勝利後城建朔方，從而平定了周王朝西部和北部邊患的樂歌。該詩最後一章寫王師凱旋而歸的情景，而這種情景卻是通過軍人妻子的眼光展現，這種側面描寫手法，王夫之稱之爲「取影法」，後代杜甫《月夜》、王昌齡《青樓曲》、柳永《八聲甘州》都是這種手法的具體運用。

《采薇》是周宣王時代，一個參加反擊玁狁侵暴中原戰爭的戰士所寫的詩，詩中控訴了玁狁給中原人民帶來的災難，「靡室靡家，玁狁之故；不遑啓居，玁狁之故」。更重要的是表現了在戰爭中戰士們的高度責任感：「豈敢定居，一月三捷」、「豈不日戒，玁狁孔棘」。這種責任感是戰爭的精神支柱和勝利的源泉，並影響了後代，漢代霍去病喝出「匈奴未滅，何以家爲？」的壯語，就是證明。有人認爲詩中「駕彼四牡，四牡騤騤。君子所依，小人所腓」表現了「被壓迫階級對統治階級的憤懣」、「揭露了西周末年社會上新舊勢力的矛盾」，這是牛頭不對馬嘴的錯誤，因爲詩中用棠棣之花起興，象徵著兄弟般的友愛，它是對將帥和士兵用戰車配合作戰的生動寫照。最後一章寫回家途中撫今追昔，情景交融，千古傳誦。

《秦風．無衣》是春秋時期秦地流行的歌曲：

豈曰無衣，

與子同袍。
王于興師，
修我戈矛，
與子同仇。……。

該詩後來又在軍中流行，所以有人認爲它是秦國的國歌。秦國推行全民皆兵制度，寓兵於農，當國家發佈戰爭動員令的時候，戰士都帶兵器入伍。這首詩表現了戰士們響應號召，踴躍參軍，以及患難與共，互相友愛的精神。有學者認爲戰士們無衣無食，還要去打仗、犧牲，太可憐了。這種看法並不符合詩中的實際，因爲詩中「無衣無食」是文學語言，不能太坐實，詩人用它表達解衣推食，同仇敵愾的精神。後人把「同袍」、「同裳」作爲精誠團結的代名詞，就是從這裏而來。《小戎》是秦國一位普通婦女所唱的歌。描述了秦國軍隊西征時盛大的軍容和軍威。女主人非常想念跟西戎作戰的丈夫，「言念君子，溫其如玉，在其板屋，亂我心曲」，但她更以能有一位爲國出力的丈夫而感到自豪，並盼望從前線傳來勝利的捷報。這種把國家利益和個人利益統一起來的以「小我」服從「大我」的家國情懷令人感動，令人欽仰。同時也說明：這種崇高的情感已經融化於先民的血液之中，落實於行動之上。

戰爭詩對後代有著較大的影響，唐代岑參寫道：「萬里奉王事，一身無所求。也知塞垣苦，豈爲豎子謀？」（《初過隴山途中呈宇文判官》）王昌齡唱道：「青海長雲暗雪山，孤城遙望玉門關，黃沙百戰穿金甲，不破樓蘭終不還」（《從軍行》），是何等壯懷激烈！

二、反映行役的樂歌

所謂行役詩，是指表現被迫從事打仗、修工事，運送糧食、器械等勞役的詩歌。主要有兩種情況。

(一) 行役者的樂歌

《豳風．東山》是一位士兵復員時候，在還鄉途中所唱的歌。是《詩經》中的名篇。詩中描述了士兵復員時候的欣喜和歸途的艱苦，他一路上想像家園的荒蕪，妻子還爲迎接他而打掃房間，又回憶當年結婚時的美好，最後寫道：「其新孔嘉，其舊如之何？」意思是當年新婚的妻子很好，不知道現在怎麼樣？言外之意是掛念著妻子有沒有因災荒而死去，有沒有另嫁他人？等等，越是離家越近，思慮的事情越多，擔心的事情越多，近似唐人所謂「近鄉情更怯，不敢問來人」（宋之問《渡漢江》）複雜的心理狀態。王士禎說：「三、四章寫閨閣之致，遠歸之情，遂爲六朝、唐人之祖」（《漁洋詩話》），戴君恩說：「篇中無限情緒，次第井井，非大聖人不能體悉，非大手筆不能描寫。」《邶風．擊鼓》是首衛國士兵被迫從事戰爭的怨歌，傾訴了與親人遠離的痛苦，詩中追憶當年與妻子臨別時有著白頭偕老的誓約，反映了人們對家庭團聚、和平生活的嚮往，詩中「執子之手，與子偕老」至今仍被常用在愛情的誓言。《魏風．陟岵》是首從役者登高望鄉。思念親人的歌詩：

陟（登上）彼岵（ㄏㄨˋ，多草木的山）兮，瞻望父兮。父曰：「嗟！予子行役，夙夜（早晚）無已（沒有休息的時候）。上（同「尚」，希望）慎（謹慎）旃哉（語氣詞），猶來無止（回來吧，不要滯留在他鄉）。

陟彼屺（ㄑㄧˇ，沒有草木的山）兮，瞻望母兮，母曰：「嗟！予季（最小的兒子）行役，夙夜無寐。上慎旃哉，猶來無棄！（回來吧，不要把屍體拋於外地）

陟彼崗兮，瞻望兄兮。兄曰：「嗟！予弟行役，夙夜必偕，上慎旃哉，猶來無死（快回來吧，不要死在外頭）。

遊子思鄉，征人思親，這是古往今來最爲常見的主題，一般寫法是寫遊子或征人在他鄉思念家中的親人或故鄉。然而這首詩主人翁不說自己如何思念家中親人，卻想像家中的父母和兄長如何思念自己，掛念自己，把思念之情表現得更加深摯和沉痛。而且詩中既有征人登高遠望的場面，又有家中親人們活動的場面，就把千里之外的他鄉和故鄉連在一起，既大大地擴大了詩的境界，又好像電影中的疊鏡頭，一幅銀幕同時出現四個畫面，給讀者真切感受，這種寫法影響了後代，如杜甫寫的《月夜》一詩，在長安的詩人思念家中的妻子，展現的卻是在家中的妻子思念自己。白居易《邯鄲冬至夜思親》：「想得家中夜深坐，還應說著遠遊人」。柳永《八聲甘州》：「想佳人妝樓顒望，誤幾回，天際識歸舟」等。有學者認爲，該詩採用了以思緒爲核心的時序顚倒、時空倒錯的藝術手法，是意識流手法的運用，可供參考。

《王風．兔爰》是一首苦於勞役的歌詩。由於現實的苦難，讓詩人對生活失去信心，甚至唱出了：「逢此百憂，尙寐無覺」，希望一輩子不要醒來的絕望之辭。生命最爲寶貴，而且沒有返程票，而詩人卻寧願長眠不醒。這種對生活的絕望，是對黑暗現實的控訴，具有強大震撼力。米開朗基羅在他的雕塑《夜》的座子上刻的詩：「只要世上還有苦難和羞辱。睡眠是甜蜜的，要能成爲頑石，那就更好，一無所見，一無所感，便是我的福氣。」以此同調。此外，表現這一主題的還有《小雅．何草不黃》，《小雅．北山》等。

(二) 行役者家屬之歌

《衛風．伯兮》是女子思念出征丈夫的情歌，《詩經》中的名篇。全詩四章，首章寫她的丈夫前去打仗，爲國家出力而感到自豪。第二章寫因爲思念丈夫而無心打扮。李清照《鳳凰臺上憶吹簫》寫思念丈夫趙明誠，就繼承了這種藝術手法。這章中抒寫的「豈無膏沐，誰適爲容」後來衍化爲「女爲悅己者容」和「爲誰打扮爲誰容」的成語。第三章用久旱求雨的迫切心情比喻盼望丈夫歸來的失望、惆悵，把相思之情表現的更爲深刻深沉。

《邶風．雄雉》是首女子懷念遠方丈夫的歌詩。全詩四章，首章抒寫女子望著空中自由飛翔的雄性野雞，增添其孤獨和思念之情。她還想像自己化爲母雉飛到丈夫的身旁（李白《聞王昌齡左遷龍杜，遙有此寄》：「我寄愁心與明月，隨風直到夜郎西」。李白神奇的想像，便是受到該詩的啓發）。情景交融，物我渾然，具有鮮明的意境。後三章寫對丈夫的關懷、祝願和期望。王昌齡《閨怨》：「忽見陌頭楊柳色，悔教夫婿覓封侯」情調與之相似。

《周南．卷耳》是首別具一格的思婦詩。全詩四章，首章寫對外出丈夫的思念，而這種思念是通過採了大半天野菜（卷耳），卻不滿一淺筐來抒寫。後三章想像她的丈夫在翻山越嶺，人困馬乏的情況之下，還在想念家中的自己。用曲折的筆法寫出兩情相篤，思念之深。南朝徐陵《關山月》：「關山三五月，客子憶秦川，思婦高樓上，當窗應未眠」，李商隱《夜雨寄北》：「何當共剪西窗燭，卻話巴山夜雨時」，元好問《客意》：「雪尾青燈客枕孤。眼中了了見歸途。山間兒女應相望，十月初旬到得無？」等，有著該詩的影響。

第五章 《詩經》的思想內容（下）

第一節 《詩經》中的頌美詩與怨刺詩

一、頌美詩

傳統詩經學把《詩經》分爲美、刺兩大類，所謂美，即歌頌、讚美；所謂刺，即怨刺、批評。由於《詩經》中的頌美詩與周民族開國史詩、祭祀詩有重疊，我們只能根據內容作適當分類。

(一) 歌頌周文王、周武王的樂歌

《大雅．文王》是首歌頌周王朝的奠基者周文王的頌歌。他通過五十年的艱苦奮鬥，發展爲能夠跟商王朝抗衡的新興強國，奠定了周王朝的基礎。他反對暴政，高舉仁德愛民的大旗，得到各族人民的擁護。《文王》詩中描繪了盛大祭祀場面之外，突出頌揚文王的德行和勤勉，希望以殷商貴族失德亡國爲鑑戒，以求長治久安。詩中運用連珠、頂真的修辭技巧，爲曹植《贈白馬王彪》等後代詩人所效法。詩中的「周雖舊邦，其命維新」成爲宣導改革的格言。此外，歌頌文王的頌詩還有《大雅》的《文王有聲》、《思齊》、《旱麓》等。周文王死後三年，武王繼承文王遺志，積極爲推翻商朝作準備。武王十一年，他聯合各方諸侯出兵潼關，在商朝都城朝歌南郊牧野展開了大會戰，一戰成功，推翻了商朝暴政統治，建立了比較開明的周王朝。《大雅．大明》中的最後兩章，描寫了武王伐商的牧野之戰，從武王誓師，戰前動員寫起，大軍勇猛進攻，大將姜尙率領騎兵沖入敵陣，

一戰而定天下。描寫形象生動，氣勢磅礴，是中國文學表現戰爭的名篇。周武王滅商取得大勝之後，舉行了隆重的慶祝晚會，演出了大型的《大武》，用壯麗而又歡快的風格，表現了武王滅商從出發到勝利歸來，以及到祖廟祭祀的全過程。這部歌舞劇所採用的六篇詩，後來都收在《周頌》裏，分別是《時邁》、《武》、《賚》、《般》、《我將》、《桓》。《大武》在中國歌舞史上有著重要的價値，它屬於「雅樂」範疇，它與春秋末年興起的「新聲」不同，多是集體表演。可惜的是，先秦時代的「雅樂」到了漢代失傳，我們今天所能知道的「雅樂」，就只有《大武》了。

(二) 歌頌周成王、周宣王的樂歌

周成王是西周第二位天子（文王是姬昌去世之後的諡號），他繼承祖父和父親的遺志，專心治理國家，周王朝的國力在他和他的兒子康王時期達到鼎盛，歷史上稱之爲「成康之治」。《周頌．昊天有成命》是首祭祀成王的樂歌，歌頌了成王在位期間不貪圖安逸，朝夕勞神於國事。王宗石認爲：「《周頌》中的《閔予小子》、《小毖》、《敬之》、《訪落》四篇都出自成王的手筆。周成王是中國最早一位帝王詩人」（《詩經分類詮釋》九二五頁），僅供參考。

《大雅．雲漢》是首抒寫周宣王求神祈雨，歌頌周宣王的樂歌。自從周厲王二十六年起，連年大旱，赤地千里，饑荒嚴重。史稱「中興之主」的周宣王即位之後，馬上祭天求雨，爲民禳災，該詩生動地描寫了特大旱災的景象，表現了宣王初登王位後，因災害而愁苦心情。其中第二章寫了宣王爲解民生疾苦，表達了願意以自身替百姓承受災難的祈願，這種人文關懷確實很感人。

有人認爲《周頌》中歌頌最高統治者的頌歌，都是「拍馬」之作，就像漢樂府的郊廟樂歌一樣，用來宣揚德威，粉飾太平，是「歪曲之作」。這種看法有失偏頗。因爲當人們從殷紂王殘暴的統治之下被解救出來之後，對開明的締造者周文王，對以德治國的國君周武王的愛戴之情，是發自心底的，《周頌》反映了從殷商到西周社會的重大變革，反映了西周王朝的治國理念，李白《古風》其一寫道：「大雅思文王，頌聲久崩淪」，他把這些頌美詩當作一個時代的象徵，中國古代文明的一個重要發展階段，是一份重要的文化遺產，是有道理的。

此外，《大雅》中有幾首歌頌周宣王時代有功之臣的樂歌，《嵩高》是首歌頌申伯德行的詩，《烝民》是首歌頌大臣仲山甫德行和政績的樂歌。《江漢》是首歌頌召伯虎開拓南疆的樂歌，《小雅·六月》是首歌頌尹吉甫征伐獫狁有功的樂詩（尹，官名，吉甫是字。有學者認爲是宣王時代重要的詩人，宣王時代的許多重要詩篇，大都出自他的手筆）。《召南·甘棠》是一首紀念召伯的歌：

蔽芾（樹木枝繁葉茂的樣子）甘棠（棠梨樹），勿剪勿伐，召伯所茇（居住）。
蔽芾甘棠，勿剪勿敗（損傷），召伯所憩（休息）。
蔽芾甘棠，勿剪勿拜（攀折），召伯所説（停留）。

召伯名虎，周之宗親，周成王時召康公的後代，世世輔佐王室。厲王時農奴起義搜索太子靜，召伯用親生兒子替代，太子靜即位是爲周宣王，召伯輔政，爲西周中興時期的功臣。相傳召伯南巡，在甘棠樹下辦案，公正無私，後人睹物思人，寫下《甘棠》這首詩，追述了當年召伯曾經在甘棠樹下辦案的生涯，勸告人們不要砍伐，不要攀折，要倍加愛惜，以抒思召伯的深情。至今陝西岐山縣劉家原有召公祠，河南陝州大街有傳說的甘棠古樹，並有碑題曰：「召公遺愛」，說明能夠爲老百姓做好事的官員，老百姓是不會忘記他的。

第二節 《詩經》中的怨刺詩

孔子說：「詩可以怨」（《論語・陽貨》），已經爲《詩經》中的怨刺詩作了正名。對主政者昏庸腐敗，對現實黑暗的揭露批判，是古老中國的優良傳統。《詩經》中的怨刺詩可以分爲兩類：

一、士大夫對昏暴最高統治者的揭露和批評

《大雅・蕩》是篇召穆公諷諫周厲王的怨刺詩，與《大雅・板》並列爲《大雅》政治詩的代表作。該詩採用借古諷今，旁敲側擊的藝術手法，批判了周厲王放縱酒色，任用小人，魚肉人民，廢棄法典等惡行。在寫作上，清代吳闓生評論道：「首章先淩空發議，末

以『殷鑒不遠』二局結之，尤極帷燈匣劍之奇，爲千秋絕調也」（《詩義會通》），詩中「殷鑒不遠，在夏後（指夏桀）之世」對後代「以史爲鑑」形成積極的影響。《大雅》的怨刺詩還有《民勞》、《桑柔》、《召旻》等。其中的《瞻印》一詩毫不客氣的痛斥周幽王說：

人有土田，
女（汝）反有之。
人有民人（奴隸、僕夫）
女覆（反）奪之。
此宜無罪，
女反收（逮捕）之。
彼宜有罪，
女覆說（脫）之。

這裏沒有如後代官員上疏時用的「陛下」、「聖上」之類阿諛奉承的詞語，而是直呼最高統治者爲「汝」，並一口氣列舉了他的四條罪狀：搶占別人的財產和奴僕，無辜者受到刑罰，有罪者逍遙法外。該詩使我想起孟子：「民爲貴，社稷次之，君爲輕」（《孟子・盡心下》）的名言，這位大臣是以人民和國家的利益爲重，對國君的錯誤進行批判的。這種為國為民的深情，這種居高臨下的態勢，可惜在後來的長期封建社會裏，很少見了。據王圻《稗史彙編》說：明代「在京官員每入朝，必與妻子告別，暮無事則相慶」，有這種心態的官員，怎能敢於向皇上忠言直諫呢？

《小雅．節南山》是首家父以譴責太師尹氏為由，實則批判周幽王暴政的詩。批評周幽王對百姓的暴虐統治，希望幽王能夠為國家、人民幡然悔悟。該詩第八章描繪了權臣太師尹氏喜怒無常，翻雲覆雨的性格特徵，明代鍾惺評為：「畫千古小人，如在目前」。詩人篇末寫上自己的名字，表現出一位忠正老臣的坦蕩胸懷。《小雅》的怨刺詩還有《正月》、《雨無正》、《小宛》、《小旻》、《沔水》、《四月》、《小明》等篇。另外，《十月之交》中的「十月之交，朔月辛卯日有食（蝕）之」。是世界上最早，最精確，最可靠的一次日蝕記錄，據專家考證，這次日蝕發生在周幽王六年，即西元前七七六年九月六日。比巴比倫最早日蝕記錄早了十三年。

西周王朝後期，周厲王、周幽王是典型的昏君，帶給國家、人民造成極大傷害，許多有良心的大臣們面對昏君形成的黑暗政治，讓人民處於水深火熱之中而痛心疾首，他們以憂患意識，敢於面對最高統治者，《大雅．抑》寫大臣可以對最高統治者「耳提面命」，寫出許多針砭時弊的怨刺詩，以期挽救國家的危亡。表現了士大夫們對國家、對人民的責任心和使命感。歷來被稱為《詩經》中優秀篇章。這些詩篇開啟了中國以詩歌干預政治的優良傳統，也培養了歷代士大夫關心國事，敢於直諫的民主精神（林按：這種民主精神是由周公確立的，並形成一種制度，一種傳統，就是要「彌謗」的周厲王也無可奈何），後代「疾風知勁草，《板》、《蕩》識忠臣」、「文死諫、武死戰」等格言，是這種精神的具體體現。同時也說明了這樣一條重要藝術規律：政治只有給予文藝以自由和民主，文藝才能積極的反映人生，發揮其應有的作用，民主、自由是文藝生命的保證。另外，這裏還有一條重要歷史經驗：一個王朝的好壞取決於最高統治者的思想和言行，最高統治者若能以身作則，重德愛賢，和懲治腐敗，那麼這個王朝就能長治久安；反之，如果國君暴虐無道，驕奢淫逸，則上行下效，社會矛盾加劇，那麼這個王朝就離敗亡不遠了。另外，我們還可總結出這樣的一條重要的歷史規律：即一個王朝在取得政權和建立政權之後的一段時間內，鑑於前朝滅亡的教訓，比較注重實行德治，發展生產，防範腐敗，從而讓社會矛盾得到緩和，社會比較穩定，並得到百姓的擁護。然而好景不長，隨著政權的鞏固，統治集團內部矛盾加劇，驕奢淫欲，腐敗成風，從而導致王朝的覆亡。夏、商、西周的滅亡，都有這樣沉痛的教訓。

二、下層官吏和民眾的怨刺詩

西周末年，政治腐敗，社會矛盾加劇，民眾處於水深火熱之中，常言道「不平則鳴」，由此產生了許許多多民眾和小官吏的怨刺詩。它大多集中在《小雅》和《國風》之中：

㈠傾訴長期服勞役妻離家破、父母失養的痛苦、艱辛與不平，如《魏風．陟岵》、《王風．葛藟》、《唐風．鴇羽》等。

㈡表達對統治者不滿與憤怒的詩，如《魏風．伐檀》是首人民諷刺剝削者不勞而獲的詩：

坎坎（砍伐木材的聲音）伐檀兮，
置之河之幹（河岸）兮，
河水清且漣漪（河水被風吹起的皺紋）。
不稼（種植）不穡（收穫），
胡取禾三百廛（捆）兮？
不狩不獵，
胡瞻爾庭有縣（掛）狟（一種野獸）兮？
彼君子兮，
不素餐兮！（該句爲反語）
……。

它尖銳的揭露不合理的剝削制度，表達了對寄生蟲的不滿，顯示了春秋時代被剝削者的初步覺醒，它又是雜言詩的代表作，對後代有較大的影響。

《魏風．碩鼠》是首古代農民傾訴在殘酷剝削下的憤怒和抗議的詩，詩中的農民用大老鼠比喻剝削者，不僅具有生動的形象，而且道出了剝削者的貪婪、殘忍、寄生的本性。

詩中的「逝將去女（汝），適彼樂土」，說明心中有一夢，儘管這個夢難以實現，但也表達了對美好理想的追求。《秦風．黃鳥》則是一首控訴不人道的殉葬制度的詩。

㈢諷刺統治者道德敗壞、亂倫的詩。有《邶風．新台》、《陳風．株林》、《鄘風．牆有茨》、《齊風．載驅》等。朱熹《詩集傳序》認爲《國風》是：「以一人之事，繫一國之本」的作品。《國風》中的怨刺詩雖然出自普通民衆之口，表達了個人的不滿與憤怒，但反映了當時社會的心態與現實，具有一定的歷史價值。

第三節 《詩經》中的宴飲詩

所謂宴飲詩，是指以君臣、親朋歡聚宴會爲內容的歌詩，大多抒寫主人的慈惠、宴會的禮節，酒肴的豐盛，以及客人對於主人盛情款待的感激和讚頌。從世界文學的角度看，《詩經》的宴飲詩是世界文學史上獨有的一組詩，一道獨特的景觀。

宴飲詩主要有三種類型：

一、天子設宴招待諸侯、群臣時的樂歌

《小雅．鹿鳴》是首周王宴請群臣的樂歌，是以周王在宴會上祝酒的語氣寫的。是《小雅》中的第一篇，成爲「四始」（所謂「四始」，是指《詩經》中的《國風》、《小雅》、《大雅》和《頌》的第一篇詩的合稱）之一。爲《詩經》的名篇。全詩三章，寫出

了宴會上君臣和樂盡歡的景象，揭示了君臣只有和樂相處，各盡其責，國運才能興隆的道理。詩中周王的形象比較突出，他有「待群臣如待大賓」（方玉潤語）的開闊胸襟，也有為了振興國家而求賢如渴，嚴於律己的精神，他的「人之好我，示我周行」（諸位賓朋喜愛我，教我道理最歡迎）已經成為歡迎建議、批評的格言。該詩對後代有所影響，曹操《短歌行》（其二）引用其中的詩句（「呦呦鹿鳴，食野之蘋（艾蒿），我有嘉賓，鼓瑟吹笙」），唐到清代，君王宴請登科進士的宴會稱之為「鹿鳴宴」。此外還有《小雅．彤弓》、《大雅》的《行葦》、《既醉》、《鳧鷖》等。

二、諸侯之間、卿大夫之間的樂歌

《小雅．賓之初筵》是首暴露貴族集體酗酒失禮，傷風敗俗的諷刺詩。全詩五章，前兩章寫貴族們獻酒時，溫文爾雅，井然有序，第三章寫射手比賽以後，貴族們的威儀逐漸喪失，第四章寫貴族們酒後失態：

> 賓既醉止，載號（喊叫）載呶（ㄋㄠˊ，撓，喧鬧）。亂我籩（古代盛果脯的竹器）豆（古代的食器，意為把桌上的杯子盤子都打翻了），屢舞僛僛（舞蹈是歪歪列列的醉態）。是曰既醉，不知其郵（過錯）。側弁之俄（頭上歪戴鹿皮帽），屢舞傞傞（ㄙㄨㄛ ㄙㄨㄛ，醉舞的樣子）。

他們大喊大叫、舞起來歪歪扭扭，把筵席上的食具都打翻了，有的還歪戴著帽子胡亂跳舞。話畫出一幅醉鬼百醜圖。詩的最後寫詩人對這種現象進行忠告。該詩反映了西周末年禮崩樂壞，貴族統治集團腐敗和趨向沒落的現實。

三、宗親和親朋間的宴飲詩

《小雅·伐木》是首歌頌親情和友誼的樂歌。全詩三章，首章說樹上的鳥兒尚且尋求朋友幫助，何況人呢？人們能夠成爲朋友，天下就和樂太平。二、三章抒寫主人熱情誠懇，慷慨大方，表達團結和友好相處的願望。友誼是儒家五倫（君臣、父子、兄弟、夫婦、朋友）之一，建立友好關係，包容的關係，是構建和諧社會的重要原則。這首歌頌友誼的名篇，對後代有影響，「嚶其鳴矣，求其友聲」，成爲歌頌友誼的成語。

有人曾經認爲宴飲詩反映了貴族享樂生活，爲貴族歌功頌德，而予以全盤否定。這是簡單化的認識。我們認爲有許多詩篇的主旨是正面的，《鹿鳴》宣揚敬德愛才，強調君王要以誠意對待臣下，臣下要以忠心盡其責；家庭是社會的細胞，《小雅·棠棣》歌頌家庭內部的團結，兄弟親人的和睦；《伐木》歌頌友誼，都是好的；《賓之初筵》對貴族酗酒失態，違反禮儀是批判的，但在藝術上也有可取之處；《伐木》首章寫詩人在伐木時，聽到樹上黃鳥嚶嚶相呼的聲音，引起詩人尋求友情的思緒，有鮮明的畫面，也有生動的情節，並自然引起下文，這種興的寫法很靈妙。《常棣》一詩開頭的起興，用鮮明茂盛的棠棣之花來象徵兄弟歡聚歡快的氣氛；《鹿鳴》的起興，用群鹿在草地上歡快的吃草，烘托宴會上君臣歡聚的圍氛和諧而又自然。「鹿」諧音祿，也給參加者帶來希望和幸福感。形象的描寫上，《鹿鳴》中和藹可親，虛懷若谷，愛賢敬德開明的君主形象，給人深刻印象；《賓之初筵》對醉態的描繪可謂入木三分，可作爲諷刺文學的典範。

第四節　《詩經》中的祭祀樂歌

所謂祭祀詩，是用於宗廟祭祀的樂歌，簡稱祭歌，是宗教性祭祀活動中詠唱讚頌神靈、祖先，祈福禳災的歌詩。人類初期，認爲萬事萬物都被神靈控制著，透過感動神靈就能恩賜人類幸福，於是產生了一系列祭祀活動，祭祀詩是一種世界性的文化現象，但各具特點。中國現存最古老祭祀詩，都保存在《詩經》之中（主要集中在《周頌》之中），其表演形式爲樂、舞、詩三者的結合。《詩經》中的祭祀詩與周族開國史詩、農事詩有所交叉，這裏的祭祀詩，是指周祖開國史詩和農事詩之外的祭祀詩。祭祀西周前期祖先的祭祀詩主要有：

㈠祭祀周文王的樂歌

周文王在世的時候，雖然沒能實現推翻商王朝的宏願，但他廣納賢才，增強國力，實行仁德，爲周武王滅商奠定了基礎，他是西周王朝的實際奠基人，也因此《周頌》中歌頌和祭祀周文王的樂歌最多。

《周頌．清廟》是首祭祀文王的詩篇，全詩一章，八句，無韻。前兩句，讚歎祭祀場面的盛大和隆重，三、四、五句誇讚參加祭祀活動的官員們，都是能夠繼承文王品德的君子，並一起頌揚文王的在天之靈。最後三句期待文王的文德能夠永遠傳承下去。此外還有《維天之命》、《維清》、《烈文》、《思文》、《有瞽》、《載見》、《絲衣》等。

㈡祭祀武王、成王、康王的樂歌

《周頌．執競》是首祭祀武王、成王、康王的樂歌，全詩一章十四句。前七句讚揚武王秉持自強不息的精神，建立無人可比的功業。英明的成、康二王治理國家，讓天下一片清明，百姓安康。後七句述說祭祀三王時場面隆重威嚴。參加祭祀的人員歡快聚餐，並祈望上天恩賜幸福吉祥。

㈢祭祀山川和先祖的樂歌

《周頌．時邁》是首周王巡守時祭祀山川的樂歌，全詩一章十五句。前七句述說周武王巡行天下得到上天的保佑，他祭拜天地、山川、百神，不愧爲賢明的君主。後八句述說周武王滅商即位之後，與民生息，出現馬放南山，刀槍入庫的太平景象。明代孫鑛評論道：「前兩句，甚壯甚忙，儼然坐明堂，朝萬國氣象。下分兩節，一宣威，一布德……整然有度，遣詞最古而腴」（《評詩經》）此外，《天作》是首周王祭祀岐山的樂歌，《思文》和《雝》都是祭祀周族祖先的樂歌。

《商頌》五篇：《那》、《烈組》、《玄鳥》、《常發》、《殷武》是宋國祭祀商人先祖的樂歌。其中內容和風格都與《周頌》有所不同。《魯頌》四篇：《駉》、《有駜》、《泮水》、《閟宮》，是春秋時魯國祭祀魯國先君的，一說都是歌頌魯僖公的。

以往人們把《詩經》中的祭祀詩看成統治者一種欺騙人民的迷信活動，是「精神鴉片」。這種看法對嗎？我們認爲應該以歷史來看，原始的祭祀活動，是通過祭祀，祈求生產豐收，部落種族的繁衍，寄託著人們在生存鬥爭中改造自然，是生存鬥爭的一種輔助手段。西周時代的祭祀詩，把祖先禮讚爲親政愛民，受天命而造福子孫，在治理國家，團結族人，提高民衆的信心，也有一定的幫助。當然，對其中的過分宣傳，誇大其詞的頌揚，也要進行鑑別。

第五節 《詩經》中的周民族開國史詩

世界上各民族都有自己的民族史詩，傳述著本民族歷史發展中的重大歷史事件和英雄業績。中國的民族史詩都收在《詩經．大雅》的《生民》、《公劉》、《綿》、《皇矣》、《大明》之中，它們比較完整地敘述了從始祖後稷誕生到武王伐紂取得勝利的歷史過程。歌頌了後稷、公劉、太王、王季、文王、武王六位對西周有過重大貢獻的英雄祖先。

《生民》全詩八章，歌詠周人第一代祖先後稷誕生及其領導和發展農業生產對周族的貢獻。詩中讚揚他神奇的農業天才。他被周人尊崇爲農業始祖，祭祀的農神。表明周族與農業生產有密切關係。

《公劉》全詩六章，歌詠公劉（公是稱號，劉是名）率領族人由邰地（今陝西武功縣西南）出發，遷到豳地（今陝西彬縣一帶），並在豳地發展的樂歌。歌頌他成功地領導了這次大遷移，大開發，歌頌他爲周人的生產建設，軍事建設而辛勤操勞，從而受到民衆的愛戴。這次大遷移是周族一次大壯舉，對周族開始興旺具有關鍵的一步。詩中「其軍三單」，有學者認爲是採用了軍隊分三批輪換防守墾田的辦法，這是關於軍隊屯墾的最早記載，可供參考。

《綿》全詩九章是首歌頌古公亶父（古公是稱號，亶父是名，文王的祖父，西周王朝建國後，尊爲太王）率領周族由豳遷到岐山下（岐山在陝西岐山縣境，古爲周原），爲周族興旺打下基礎的樂歌。他利用關中自然資源發展生產，營建社稷和宮殿，其中第六章寫熱火朝天建築宮殿的情形，採用譯文可能看得更清楚：

鏟土噌噌擲進筐，
倒土轟轟聲響亮，
搗土一片登登聲，
括刀乒乒削平牆。
百堵土牆齊動工，
聲勢壓倒大鼓響。

詩中連用四個排比句和象聲詞，描寫了人們在版築時的沖天幹勁。工地上的巨大聲響，把用來鼓舞士氣的鼓聲都壓了下去，十分形象地表現了工地上的浩大聲勢和人們的創業激情。

太王還驅逐了侵擾的混夷，讓周原安定下來。史家評論說，文王之所以能夠名垂青史，有賴於太王奠定的強大基礎。

《皇矣》的「皇」是光明偉大的意思。是首歌頌太王、王季、文王的樂歌，全詩八章，開篇追述太王在周原艱苦創業，王季以仁德治國，重點歌頌文王伐密伐崇的勝利，讓西周國威大揚天下。詩中認爲夏、商兩朝末年暴虐無道，皇天才選定周族，讓它崛起。這種「皇天無親，唯德是輔」（《周書．蔡仲之命》）的觀念，是進步的。

作爲史詩，篇幅長，跨度大，筆力馳騁放縱，孫鑛評爲：「是後世歌行之祖」（《批評詩經》）。

《大明》全詩八章，該詩從文王父母結婚生子說起，到武王牧野決戰勝利滅商爲止。其主旨是宣揚周人取代殷商而擁有天下，是幾代人積德的結果，他們是上承天命而有仁德的統治者，最後兩章歌頌武王牧野之戰的勝利，是中國文學中描寫戰爭的名篇佳作。

周人開國史詩具有重要思想價值，它告訴我們：開明且富有戰略思維的領導人，在歷史進程中，具有不可替代的作用；德治是長治久安的法寶，暴虐統治終究不可能長久。一個民族若要發展進步。必須團結一致，艱苦奮鬥，勇於迎接一切挑戰。英國歷史學家湯恩比在名著《歷史研究》中，把人類文明的起源與發展，歸結爲挑戰與應戰，他指出：

冰河期結束之時，歐洲大陸上冰河收縮，大西洋的氣旋地帶漸向北移，使非洲草原出現了逐漸乾旱的過程。當地狩獵的居民幾乎不改變生活方式，仍然居留於原地的，都相繼滅亡了，而遷徙到其他地方的人們，都活了下來，並且創造了古埃及文明和姑蘇末文明。公劉和太王的兩次大遷移，不也證明這條歷史規律的存在嗎？

第六章　《詩經》的藝術成就（上）

《詩經》藝術成就是相當高的，它全面地反映周代社會生活，以特有的語言藝術傳達先民心靈的歌唱，提供了豐富的藝術經驗，並對後代詩人有積極的影響。

第一節 現實主義的創作精神

中國是詩的國度，《詩經》和《楚辭》是先秦時期兩座藝術豐碑。從創作方法講，《楚辭》是浪漫主義的典範；《詩經》則是現實主義的典型。所謂現實主義藝術，是運用寫實的方法，眞實地再現社會生活。《詩經》的詩人從現實生活的感受出發，眞切地描繪了周代社會生活的各種圖景：它所描寫的是人人生活中所經歷的往事，因而帶有天然親切感，這裡有著勞動人民痛苦的吶喊，有著貴族階級人格理想和政治良心，可以聽到一曲曲優美的戀歌，看到一幅幅民俗風情畫（十七世紀歐洲讀者稱《詩經》為「中國古代風俗畫卷」），還可以了解西周王朝從奮發有為，實行德治的興盛，到後期政治黑暗，暴虐腐敗而走向敗亡全過程。中國學者唱讚《詩經》是周代社會的一面浩大明亮的鏡子；西方學者稱《詩經》是周代社會的「百科全書」都是有一定道理的。而《楚辭》反映的面比較小，局限於抒寫士大夫知識份子失落的痛苦和理想的追求。在寫法上，《楚辭》（特別是《離騷》）採用大開大闔，上天入地，引用許多神話的描寫，詩中主人公具有人和神兩種色彩，是典型的浪漫主義手法。

揚之水《詩經別裁》評論《君子于役》時說：「《詩》常在風中雨中寫思。《君子于役》卻不是，甚至通常以『興』和『比』也都沒有，它只是用了不著色澤的，極簡極淨的文字，在一片安寧中寫思」。「不著色澤，極簡極淨的文字」正是《詩經》重要的藝術特色，《小雅．采薇》：「昔我往矣，楊柳依依，今我來兮，雨雪霏霏」是傳頌的名句，學習該詩的李商隱《贈柳》：「堤遠意相隨」，被袁枚譽之為「真寫柳之魂魄」，錢鍾書認為李詩「添一『意』字，便覺著力，寫楊柳性態，無過（詩經）此四字（指楊柳依依）者」（《談藝錄》二二〇頁）。說明《詩經》按照生活實際藝術地描寫，很少虛構，沒有極端的誇飾，也沒有超越現實的荒誕浪漫形象（《生民》一詩是特例），符合現實主義基本原理。由於《詩經》所抒寫的是普通人的心聲，因而能與當代讀者的心靈發生共鳴。

第二節　《詩經》心理審美化舉隅

《詩經》作為中國現實主義創作的源頭，它以敏銳的藝術知覺，傳達了先民的情感與生活，並對後代產生了深遠的影響，被譽為「一部五百年心靈史」的《詩經》是怎樣把先民的心理藝術化及審美化呢？這裡只舉幾個例子加以說明：

一、心理空間與心理時間

從物理學的角度講，空間的大小，時間的長短都具有一定的客觀性，不因人而異。然而由於人的感情的主觀性，同一個人，由於心情不同，對於空間和時間的感覺就不一樣。

唐詩人孟郊在失意時寫道：「出門即有礙，誰謂天地寬？」（《送崔純亮》）而在中舉之後寫道：「春風得意馬蹄疾，一日看盡長安花」（《登科後》）。此即利用心理空間和心理時間來表現特定的心理狀態，不失爲一種好的藝術方法，而這種方法是由《詩經》開創的。《小雅．節南山》是首充滿憂患意識的詩，詩中寫道：「駕彼四牡，四牡項領。我瞻四方，蹙蹙靡所騁」。天地很寬又大，但在詩人看來，卻很狹小，無法自由馳騁。《小雅．正月》：「謂天蓋高，不敢不局；謂地蓋厚，不敢不蹐」，意思說，我們說老天很高遠，可我不敢不彎腰；我們說大地很厚重，可我不敢不小步走，這就把詩人無路可走的痛苦之情形象地表達出來了。李白《行路難》：「大道如青天，我獨不得出」，日本詩人山上憶良《貧窮問答歌》：「雖云天地廣，何以我卻狹偏，雖云日月明，何以照我天無焰？」都是心理空間寫法的好例子。

《鄭風．東門之墠》：「東門之墠，茹藘在阪。其室則邇，其人甚遠」，爲什麼情人住得很近，卻覺得很遠呢？這是用心理空間的寫法，表現對情人的相思之情；《西廂記．混江龍》曲：「繫春心情短柳絲長，隔花蔭人遠天涯近」也是用心理空間表現張生的相思之情；《王風．采葛》是一首用心理時間（一日不見，如三秋兮）寫成的好詩，「一日不見，如隔三秋」，至今仍活在人們的言談中。

二、內心矛盾的藝術展現

辯證法認爲，人的內心世界是充滿矛盾的，任何作品如果不去揭示人物內心世界的矛盾性，藝術形象往往蒼白無力，不眞實可信。《小雅．采薇》是周宣王時代，一位參加反擊玁狁侵暴中原戰爭的普通士兵所寫的詩：

靡室靡家，玁狁之故，不遑啓居，玁狁之故，憂心烈烈，載饑載渴。我戍未定，靡使歸聘……豈敢定居？一月三捷。豈不日戒，玁狁孔棘。

詩人非常熱愛和平幸福的生活，對家中親人也非常思念，他把戰爭所帶來的痛苦清楚地記在民族敵人的帳上，並用勝利的豪情來沖淡思念所帶來的悲傷，詩人正是在家與國，個人與社會的矛盾的鬥爭中，展現心靈深處的搏鬥，並在鬥爭中完成了愛國精神的昇華。

《鄭風．將仲子》是首春秋時代流行於鄭國的民間情歌，其中一章說：

將仲子兮，無逾我里，無折我樹杞。豈敢愛之，畏我父母，仲可懷也，父母之言，亦可畏也。

該詩抒寫了在舊禮教氛圍中，一位女子愛情的矛盾心理。什麼矛盾呢？有學者說，反映了姑娘內心「懷」與「畏」的矛盾，也就是姑娘和仲子爲一方；以父母、諸兄、國人爲一方的矛盾。這種看法並不符合該詩的實際。因爲女子因害怕父母、諸兄、國人的責罵和流言，一再要求仲子不要貿然前來約會。不是女子處於仲子爲一方，以父母、諸兄、國人爲一方的矛盾之中，而是主人公夾在仲子和父母、諸兄、國人之間的難以取捨的矛盾之中。

這是一幕表現內心衝突的心靈巨作，表現了內在感性動力與外在社會理性規範的衝突，具有動人心魄的震撼力，這是那種公式化、概念化的作品難以企及的。

白居易《賣炭翁》中的：「可憐身上衣正單，心憂炭賤願天寒」，正是眞切地抒寫了穿著單薄衣裳卻希望天氣寒冷的矛盾。宋之問《渡漢江》：「近鄉情更怯，不敢問來人」，因抒寫思切與情怯的複雜心理矛盾，才成爲千古名句。黑格爾說：「生命的力量，尤其是心靈的威力，就在於本身設立矛盾，忍受矛盾和克服矛盾」。這就說明一條重要藝術規律：在藝術作品中，唯有努力表現人物內心世界的矛盾，才能生氣勃勃，具有感人的力量。

三、月光下的思念

《陳風．月出》是首抒寫懷念月下美人的愛情詩，全詩三章，只錄一章：

月出皎兮，佼（美）人僚（面貌美好）兮，舒窈糾（體態婉曲輕盈）兮。勞心悄（傷痛）兮。

大自然的景物中，月亮是富有浪漫色彩而令人喜愛的。每當晚霞西逝，月亮就冉冉升起，用它的柔和之光，給人們帶來良辰美景。詩人以敏銳的審美知覺，在開頭就描繪出一個開闊而空靈的畫面，有意地把美人安排在月光之下，俊美的容顏融入清輝的月色之中，讓美人具有一種朦朧狀態的美。浙江民諺：「月光下看老婆，越看越漂亮；露水地裡看莊稼，越看越喜歡」，說的就是這個道理。拜倫有一首歌詠威莫特·霍頓夫人的詩，叫《她走在美的光影裡》：

她走在美妙的光影裡，好像無雲的夜空，繁星閃爍：明與暗的最美形象，交會於一片恬淡的清光，濃豔的白日得不到的恩澤。美在她縷縷黑髮上飄蕩，在她的肥腮上灑布柔輝；愉悅的思想在那裡頌揚，這神聖的寓所純潔、高貴。

拜倫這首詩也是把美人安排在月光下加以描繪的，可作爲《月出》的注腳。宋代詞人晏幾道《臨江仙》：「當時明月夜，曾照彩雲歸」。也是把心愛的彩雲放到月光下，傳達出依依的惜別之情，李煜《玉樓春》：「歸時休放燭光紅，待踏馬蹄清月夜」，朱自清《荷塘月色》：「塘中的月色並不均勻，但光與影有著和諧的旋律，如夢婀玲（小提琴）上奏的名曲」也是採用這種手法。

明人張大復在《梅花草堂筆談》中，記述他的一次旅遊感受，有一次他到山上廟裡玩，那個晚上，被月色籠罩下的山景，就像一座仙山，幽華可愛。而第二天早上一看，「瓦石布地而已」，美景沒有了。該文說明：有了月色，世界會變得更美。著名美學家宗白華用該文得出了「月亮是大藝術家」的結論，我們也可以說，《月出》的作者不就是我國文學史上發現「月亮是大藝術家」的第一人嗎？

從以上的分析，我們可以得出這樣一條創作美學，即利用光影的若明若暗，可以產生或者增加藝術物件的美。十七世紀英國詩人赫克裡《水晶中的蓮花》中說，方孔紗下玫瑰，玻璃杯裡的葡萄，清泉底的琥珀，紈素下的婦體等，都會因光影的若明若暗而添媚增姿。從《詩經》中學習活鮮生動的美學，正是我們所期待的。

四、選取典型的動作，表現微妙的心理活動

心理學家認爲人的內心世界是「第二宇宙」，具有無比豐富性。人而這個「宇宙」是無形的，要表現它必須外物化。因此，選取典型動作以表現複雜的心理，成爲《詩經》重要藝術特徵。《氓》是首棄婦詩，詩中女子回憶與「氓」戀愛時的情景：

> 乘彼垝垣，以望復關。不見復關，泣涕漣漣，既見復關，載笑載言。

《毛傳》：「垝，毀也。復關，君子之所近也。」所謂「垝垣」，就是將要倒塌的高牆。

有學者否定《毛傳》的看法，爲什麼好牆不登卻偏偏要登上快要倒塌的高牆呢？正是這個典型動作，才活畫出女子對愛情的狂熱和急切盼望情人的到來。難怪有人稱處於熱戀的青年男女近似瘋子，不懂得這種愛情心理，就讀不懂這首詩。

《邶風．燕燕》是首衛君送妹妹出嫁的詩。在這首被人稱爲「萬古送別之祖」的詩

中，只寫了一個「瞻望不及，佇立以泣」的動作。這樣寫的好處：㈠臨別時應該是千叮嚀萬囑咐，卻一句話也沒說，正反映臨別時無限悲苦之情。所以鍾惺說；「深情苦境說不得，苦說得，又不苦矣」。㈡「瞻望不及」是寫以目力相送，直到看不到爲止，就把依依惜別之情表達無遺了。宋人許顗說：「《邶風．燕燕》眞可以泣鬼神矣！張子野長短句：『眼力不如人，遠上溪橋去』；東坡《與子由詩》云：『登高回首坡隴隔，惟見烏帽出覆沒』，皆遠紹其意」（《彥周詩話》），說明這種寫法有深遠的影響。李白《黃鶴樓送孟浩然之廣陵》：「孤帆遠影碧空盡，唯見長江天際流」，張先《南鄉子》詞：「春日一篙殘照闊，遙遙有個多情立畫橋」，而左緯《送許右丞至白沙爲舟人所誤以詩寄之》：「水邊人獨立，沙上月黃昏」可謂後來居上。

此外，還有用「輾轉反側」（《關雎》）寫因思慕心切而心緒不寧；用「搔首踟躕」（《靜女》）寫看不見情人而焦急不安的狀態；用「顚倒衣裳」（《東方未明》）寫因焦急而造成錯亂等，更是膾炙人口，廣爲傳頌。

五、無理而妙

在文學中，無理和有情常常是一對可以統一的矛盾，所謂「無理」，指違反一般的生活常識以及思維邏輯而言，所謂「妙」，指透過似乎無理的描寫，反而更深刻地表現了特定情況下的感情。《伯兮》是一位思念遠征丈夫的詩，詩中「自伯之東，首如飛蓬，豈無膏沐，誰適爲容」已廣爲傳誦，但還應該重視第三章的藝術價值：

其雨其雨，杲杲日出。願言思伯，甘心首疾。

蔣立甫先生《風詩含蓄美》中說：

此爲無理之妙。依常理，「首疾」是痛苦，誰也不願意此病，而她卻偏說心甘情願，無理之極！然而從她對丈夫無時不在的刻骨思念說，這以苦爲樂的祈求，又是可以理解的，是她無法承受長期精神折磨而爲求得到心理暫時平衡的傻話，詩趣也由此而生。

人的生命只有一次，然而《秦風・黃鳥》：「如可贖兮，人百其身」，是說如果能夠贖回爲秦穆公陪葬的「三良」，就是死一百回也心甘情願。這跟《離騷》：「亦余心之所善兮，雖九死其猶未悔」一樣，都是「違情悖理之言」，卻眞確地表達詩人特定情況下的感情。它說明理性是對現實的認同，而情感卻是對外在現實的超越。

可喜的是，這種藝術手法在後代詩詞中得到發揚光大，張先《一叢花令・傷高懷遠幾時窮》中的名句「沉思細恨，不如桃杏，猶解嫁東風」，由此爲張先博得「桃杏嫁東風郎」的雅號。

此外，《邶風・靜女》抒寫小夥子所以賞愛山地普通不過的茅草，是因爲茅草是心愛的女子所送的緣故，《召南．甘棠》抒寫召伯曾在甘棠樹下辦案，秉公執法，後人愛屋及烏，對那棵甘棠樹有一種格外的愛惜之心，這都是移情手法的具體運用。《秦風．蒹葭》把愛人安排在「在水一方」，可望而不可及，從而增加思念之情，這是心理學上阻塞原則的運用效果，《召南．摽有梅》抒寫女子年歲越來越大，待嫁的心理越來越強烈，這是利用重章迭唱以表現人物心理活動的好例，有學者認爲《豳風．東山》運用時空倒錯手法，是運用意識流手法的例子，可供參考。

總之，詩人們將筆觸直接深入到現實生活之中，所描寫的是人人生活中所經歷的事情，因而帶有天然親切感；詩人們所抒發的是普通人的心聲，因而能夠引起當代讀者強烈的共鳴。

第七章　《詩經》的藝術成就（下）

第一節 《詩經》修辭藝術舉隅

「修辭」一詞出自《易經．文言》：「修辭立其誠，所以居業也」，這裡的「修辭」，主要是指修整文教及個人修養。現代意義的修辭，主要是研究如何運用各種語文材料和表現手法，使語言表現得更加準確。鮮明、生動，它是藝術經驗的總結和深化。《詩經》的修辭方式不但豐富多彩，而且成熟程度令人驚歎，並對後代產生深遠影響。

一、複疊

是將同一個字、詞或章重複加以運用，這種修辭在《詩經》中非常普遍。《小雅．采薇》：「昔我往矣，楊柳依依；今我來兮，雨雪霏霏」。「依依」形容楊柳迎風飄拂的樣子，「霏霏」描寫雪花紛飛的景色，兩個疊字（古人稱它爲「重言」）就把這位士兵在春天出征、嚴冬歸來，撫今追昔，不禁悲從中來的心情表達出來了。再如《召南．草蟲》：「喓喓草蟲」、《周南．葛覃》：「其鳴喈喈」、《小雅．伐木》：「坎坎鼓我」都是用疊字來形容聲音的，我們彷彿能夠聽到蟲鳴、鳥叫和鼓聲。

《詩經》中還有連用疊字的，例如《大雅．綿》：「捄之陾陾（裝土聲），度之薨薨（填土聲，築之登登，削屢馮馮（ㄆㄧㄥˊ ㄆㄧㄥˊ），用斧子削牆的聲音）」連用四個疊字，好像聽到一群建築工人在工地上，噌噌地把土裝進筐裡，又轟轟地把土投進築牆版中，再登登地把土夯實，然後用斧子削牆。眾聲交匯，熱鬧非凡，這就是疊字聯用之妙。

複疊的形式，還表現在疊句和疊章上。例如《鄘風．相鼠》：「相鼠有皮，人而無儀。人而無儀，不死何爲！」正是通過「人而無儀」一句的重複，才把對殘酷剝削者的憎惡強烈地表現出來。

《詩經》中的詩大多數是分章的，所以疊章是詩中常見的形式，例如《王風．采葛》：

彼采葛兮，一日不見，如三月兮。
彼采蕭兮，一日不見，如三秋兮。
彼采艾兮，一日不見，如三歲兮。

這首相思之詞，共疊三章，每章只換兩個字。詩人用三月、三秋、三歲形容思念情人的心情越來越濃烈，這種遞進反覆式的重疊，具有層層加深，纏綿不盡，富有眞實感的效果。還有章首或章末重複的情形，如《豳風．東山》，全詩四章，每章開頭都重複這樣的四句：

我徂東山，
慆慆不歸。
我來自東，

零雨其濛。

這裡一遍又一遍的吟唱，表達了士兵返鄉時矛盾複雜的心理狀態，既高興，又畏懼，既慶倖，又不免心酸淒涼。

二、比喻的二柄

亞里士多德有一句名言：「比喻是天才的標識」，《詩經》中的比喻是多方面的，而且生動、鮮明。

所謂「比喻的二柄」，是指一個比喻具有褒與貶、善與惡、正與反等對立的兩極。例如「秤」可以比喻公平、無私，《論衡．自紀》：「（我心）如衡（秤）之平，如鑒（鏡子）之開」；也可以比喻沒有原則，見風使舵，周亮工《書影》：「佛氏有『花友』、『秤友』之喻，花者，因時而盛衰，秤者視物爲低昂」；《大雅．旱麓》：「鳶飛戾天，魚躍於淵。」、《大雅．四月》：「匪鶉匪鳶，翰飛戾天，匪鱣匪鮪，潛逃於淵」，《旱麓》詩裡的鳶比喻海闊天空，自由飛翔；《四月》詩裡比喻無路可走，只好逃生，意義相反。《邶風．雄雉》是一首在家婦女思念外出丈夫的詩，詩中「瞻彼日月，悠悠我思」，太陽和月亮，此起彼伏，比喻不能與丈夫團圓；太陽和月亮高高在上，比喻丈夫可望而不可及。

需要補充的是，比喻還有多邊，例如文學作品中常用的「水月」一語：

㈠比喻可望而不可及，《紅樓夢．枉凝眉》：「一個枉自嗟呀，一個空勞牽掛，一個是水中月，一個是鏡中花」。

㈡讚揚守節的女子像水月那樣貞潔長存，李白《溧陽瀨水貞義女碑銘》：「明月千秋，如月在水」。

㈢比喻皎潔普照，光景常新，朱松《謁普照寺》：「是身如皎月，有水著處現。彈指遍大千，何止數鄉縣」。

三、層遞

是指詩意的排列從淺到深，從低到高，從小到大，從先到後的順序以組織語言，表現時間、空間、節奏等層層深入的修辭方式，它是《詩經》常用的修辭方式之一。如《王風．采葛》：

彼采葛兮，一日不見，如三月兮；彼采蕭兮，一日不見，如三秋兮；彼采艾兮，一日不見，如三歲兮。

該詩用層遞手法表現思念之情，隨著時間的推移，越來越深，把離人的心曲抒發得眞確動人，難怪「一日不見，如隔三秋」的成語，至今仍然活在人們的言談之中。我們還可以看出，這種層遞的修辭是建立在生命體驗的基礎上，它說明一部成功的作品，都是詩人生命體驗並採用恰當形式加以表達的結果，《鄘風．干旄》，姚際恆《詩經通論》說：「郊、都、城，由遠而近也，四、五、六，由少而多也，詩人章法自是如此也」，《召南．草蟲》是首表現思婦情懷的詩，該詩「寫憂愁，則忡忡、惙惙，傷悲一層深一層；寫快樂乃則降、則說（悅）、則夷，一節緊一節」（余培林《詩經正詁》），是一種由淺入深的層遞。由上所說，層遞修辭在《詩經》中，大多由重章迭唱的章法所構成，它是《詩經》章法的主要特徵，大約三分之二的詩篇採用這種方法，其中大部分是《國風》和《小雅》。

由於層遞善於表現心理活動，後代詩人多所運用，如白居易《後宮詞》：「淚濕羅巾夢不成，夜深前殿按歌聲。紅顏未老恩先斷，斜倚熏籠坐到明」。這是首抒寫一位宮女得不到君王寵幸的宮怨詩，其心理過程是：1.盼望君王當晚到來卻落空，只好以淚洗面　2.現實的希望落空，只好用夢來排遣，可是夢又做不成，希望又一次落空　3.既然不成夢，那就起身等一等吧，說不定君王還回來呢？然而聽到的是前殿的歌聲，說明君王還在尋歡作樂，希望再一次化爲泡影　4.如果自己人老珠黃，情有可原，自己還青春年少，於心不甘，還是等一等吧。該詩把宮女的心理過程寫得一波一折，讓人有曲徑通幽的美感。

歐陽修《蝶戀花》是首閨怨時，上闋寫閨中女子盼望丈夫早日歸來，下闋寫女子痛苦思念之情，最後兩句；「淚眼問花花不語，亂紅飛過秋千去」有四個心理層次：1.「淚眼問花」說明無人傾訴衷腸，只好問花　2.「花不語」，說明得不到花的同情　3.「亂紅飛」是說花自己也在凋謝，無法寬慰　4.「秋千去」秋千是她當年和丈夫遊玩的地方，人去物在，觸動愁腸，不堪回首。以上分析，說明層遞修辭能夠更好地抒寫心理歷程，同時也說明，文學是人學，是情感學，只有寫出人的心靈脈動，寫出人的心理層次，才能更動人，更具藝術魅力。

四、示現

所謂示現，就是想像或追憶，其特點是把不發生在眼前的事當作現實來敘述，把實際上不見不聞的事情說得如見如聞。

遊子思鄉，征人思親是詩中常見的主題之一，一般寫法是遊子征人在他鄉如何思念故鄉或家中的親人，而《魏風．陟岵》則採用了示現而別具一格。全詩三章，重章迭唱，直接抒寫征人思親的只有每章開頭的兩句，其餘的則是想像家中父母、長兄思念自己，這就像電影中的迭鏡頭，一幅銀幕同時出現了四個畫面，從而擴大了詩的境界，並給讀者以眞切感受。

《豳風．大東》是《詩經》中的名篇，被吳闓生《詩義會通》評爲：「極似《離騷》，實三代奇文也」。該詩第三章寫回鄉士兵在途中想念家中的妻子，卻出現家中妻子在家中思念自己，展現妻子在家打掃衛生，盼望他早日回來的情景。《小雅．出車》是首一位武士跟隨統帥南仲出征及凱旋歸來的詩，最後一章也採用示現的手法，抒寫武士回家途中，想像他的妻子高興地迎接他來臨的情景，「共看明月應垂淚，一夜鄉心五處同」，《詩經》的示現修辭是有心理依據的。

後代採用示現修辭的有徐陵《關山月》：「關山三五月，客子憶秦州，思婦高樓上，當窗應未眠」，鄭會《題邸間壁》：「酴糜香夢怯春寒，翠掩重門燕子閑，敲斷玉釵紅燭冷，計程應說到常山」，而杜甫《月夜》和李商隱《夜雨寄北》則傳頌更廣。

五、襯托

是指敘述相關兩件事情，或者幾件事情，一個爲主，其餘作爲陪襯，其形式有兩種：㈠反襯，用相反的事物或情事作陪襯㈡正襯，用相近事物或情事作陪襯。

《小雅．車攻》是首描寫周宣王舉行田獵的詩，第七章開頭兩句：「蕭蕭馬鳴，悠悠旆旌」寫田獵前隊伍的氣氛。《毛傳》注釋：「言不喧嘩也」，其意思是用馬的嘶鳴聲和旗幟的飄動聲反襯隊伍的寂靜和整肅，是以動襯靜的修辭方式。後代王籍《入若耶溪》：「蟬噪林愈靜，鳥鳴山更幽」，王維《鳥鳴澗》：「月出驚山鳥，時鳴春澗中」，是這種修辭的發展。我們從深夜裡，聽到客廳的鐘聲，會有格外安靜的感覺，就可以體會到這種襯托修辭的妙處。白居易《憶江南》：「日出江花紅勝火，春來江水綠如藍」之所以成爲描繪江南風景的名句，也是採用襯托修辭的效果。

《邶風．谷風》詩裡，當女主人被拋棄時唱道：「誰謂荼苦，其甘如薺」，是說誰說荼菜很苦，對我來說，它甜得像很甜的薺菜一般，表示她的心境比苦菜還要苦，這是一種正襯。

賈島《渡桑乾》：「客舍並州已十霜，歸心日夜憶咸陽。無端更渡桑乾水，卻望並州是故鄉」。詩人在並州時，日夜思念咸陽，北渡桑乾河以後，又日夜思念並州，思念並州正是為了襯托思念咸陽之深，這裡以思念襯托思念，是正襯。「牡丹雖好，綠葉扶持」，說明襯托的重要性。英國美學家柯勒大（colltet）說：「人面之美，在於眼睛。如果滿臉都是眼睛，就成為魔怪相了」。此外，《詩經》的修辭還有對偶、頂針、誇飾、呼告、警策等。

六、通感

所謂通感，是指視覺、聽覺、觸覺、味覺等感覺器官彼此相互溝通的一種修辭手法。《關雎．大序》：「聲成文，謂之音」，《毛傳》：「宮商上下相應」。《毛詩正義》：「使五聲為曲，似五色成文」。錢鍾書《管錐篇》指出：「『成文為音』是通耳於眼，比聲於色，是視覺與聽覺相通的通感」。認識通感對我們創作與鑑賞都相當重要，因為通感可以使意象陌生化，從而具有新鮮感，並能使意象增添詩意，如「天上幾個明星竊竊私語」，朱自清《荷塘月色》：「微風過處，送來縷縷清香，彷彿遠處高樓上渺茫的歌聲似的」。

宋祁《玉樓春》名句：「紅杏枝頭春意鬧」，李漁《窺詞管見》加以嘲笑：「此語殊難著解，爭鬥有聲之為『鬧』，桃李爭春則有之，紅杏『鬧春』，余實未之見也」。這是李漁不懂得通感而鬧的笑話，其實在古代詩詞中，用「鬧」描繪花的繁盛是常見的，如晏幾道《臨江仙》：「風吹梅蕊鬧，雨細杏花香」，毛滂《浣溪沙》：「水北煙寒雪似梅，水南梅鬧雪千堆」，范成大《立秋後二日泛舟越來溪》：「行人鬧荷無水面，紅蓮沉醉白蓮酣」等都可證明。

我們看到通感在西洋詩文裡也常見，荷馬史詩中的名句：「像知了坐在森林中，傾瀉下百合花似的聲音」。約翰．唐恩的詩：「一陣響亮的香味迎著你父親的鼻子叫喚」，帕斯科里的名句：「碧空裡一簇星星嘖嘖喳喳像小雞走動」（參見《七綴集》）。

第二節 《詩經》的藝術範例舉隅

林興宅先生在談到《詩經》在中國文學史上的地位時說：

《詩經》是中國文學史上第一部詩歌總集，是至今可見的文學創作的原始形態，它孕育並繁衍中國歷代文學傳統。其重要性恰似古希臘的戲劇和史詩之于歐洲文學的傳統。因此要了解中國文學，就不能不讀《詩經》。而從文學欣賞的角度看，透過《詩經》的藝術世界，人們可以發現宇宙人生的奧秘和人類心靈的奇幻。人類的基本情感活動幾乎都在《詩經》中得到某種形式的表現。它爲歷代詩人提供了表現各種情感的範例。抒情詩在《詩經》時代就達到使人驚奇的地步，這是令人深思的。（《藝術魅力的探尋》）

這段精彩的論述，既講清了《詩經》的價值，又指出其重要影響表現在「爲歷代詩人提供各種情感的範例」這一方面，可謂獨具慧眼。歷史向前一步的進展，要求伴隨著向後的探本溯源，我們有必要對《詩經》的藝術範例做初步的探討。

所謂「藝術範例」，是一種超越時空，具有一定情境的心理結構形式，它能喚回人對人生更爲深切的感受，是體驗人的情感創造性的藝術形式。自誕生之日起，就具有生生不息的生命。例如，淚是人情的流露，雨是天上水氣的降臨，而詩人把它構成一個範例，以抒發連綿不斷的悲傷之情。《北夢瑣言》記載徐月英詩「枕前淚與階前雨，隔個窗兒滴到明」，並成爲「雨與淚共滴」的藝術範例的祖構。後代劉媛《長門怨》：「雨滴梧桐秋夜長，愁心如雨斷昭陽，淚痕不學君恩斷，拭卻千行更萬行」，抒寫了妃子被打入了冷宮的辛酸。曾揆《謁金門》：「伴我枕頭雙淚濕，梧桐秋雨滴」。一個「伴」字把雨寫活了，使該範例更有情趣。那麼《詩經》有哪些藝術範例呢？又能從中看出《詩經》對後代有什麼影響呢？

一、關於抒寫思念的範例

(一)「思極而通夢」型

《關雎》是一首著名的愛情詩，全詩五章，後兩章「窈窕淑女，琴瑟友之；窈窕淑女，鐘鼓樂之」，當代學者認爲《關雎》是實寫，是首結婚歌，這個看法是錯的，因爲第三章的「求之不得，輾轉反側」是關鍵字，哪來的結婚典禮？因此，最後兩章是主角在床上所作的美夢，夢見和淑女過著「夫妻好合，如鼓琴瑟」（《小雅．棠棣》）和諧美滿的家庭生活。心理學認爲，幸福的人很少幻想，夢是人生願望的改裝。我們的說法是有心理依據的。後代相關的詩有《古詩十九首》：「獨宿累長夜，夢想見容輝。既來不須臾，又不處重闈」，鮑照《夢歸鄉》：「寐中長路近，覺後大江違。驚起空歎息，恍惚神魂飛」，李白《白頭吟》：「且留琥珀枕，或有夢來時」，賀鑄《菩薩蠻》：「良宵誰與共，賴有窗間夢：可奈夢回時，一番新別離」等，都說明夢是心境的延續。《小雅．斯干》是一首祝願周王公室落成的詩，而禱詞是透過主人的美夢和占卜來完成的，夢見熊羆是好兆頭；夢見蛇時交運。也反映詩人心底的期盼。

㈡「誰適爲容」型

《伯兮》：「自伯之東，首如飛蓬，豈無膏沐，誰適爲容」其意是「女爲悅己者容」，而今「悅己者」遠離而去，哪有心思梳妝打扮呢？眞切地寫出正値愛美年華的女主角，愛人不在時空虛寂寞的心境和百無聊賴的情懷。《周南．卷耳》：「采采卷耳，不盈頃筐。嗟我懷人，置彼周行」和《小雅．采綠》：「終朝采綠，不盈一掬」都是這種心情的流露。心理學認爲，表現是指內心的情緒狀態，透過外部動作或表情呈現出來，比如喜怒哀樂都會有不同的動作和表情，「誰適爲容」型正是具象而生動的表現了因思念而無心做事的心情。後代有徐幹《室思》：「自君之出矣，明鏡暗不治」，曹植《七哀詩》：「膏沐誰爲容，明鏡暗不治」，杜甫《新婚別》：「羅襦不復施，對君洗紅妝」等，而寫得更好的是李清照《鳳凰臺上憶吹簫》：「香冷金猊（獅子形的香爐），被翻紅浪，起來慵自梳頭，任寶奩（梳妝盒）塵滿，日上簾鉤」。「慵」是詞眼，香爐的香懶得點，被子懶得疊，頭懶得梳，梳妝盒懶得拂拭，都是離情別緒苦得眞確而生動的寫照。

㈢「在水一方」型

《蒹葭》是首愛情詩，「伊人」被置於「在水一方」的水中央，男子從上游從下游去尋找，始終都不能找到，從而產生不盡的思念之情。心理學告訴我們，不能得到的東西，人們更想得到它。又說，人們的心理活動受到堵塞時，對於堵塞的事情會更加眷念，從而產生更大的強度和逼人性。這就像長江修了三峽大壩，就可以發電了一樣。《古詩十九首·迢迢牽牛星》：「盈盈一水間，脈脈不得語」，這也是用水的阻隔寫思念之情。唐代李之儀《卜算子》：「我住長江頭，君住長江尾，日日思念不見君，共飲長江水。」正是長江水的阻隔，造成隔離的思念之苦。歐陽修《踏莎行》：「樓高莫近危欄，平蕪盡處是春山，行人更在春山外」，這是山的阻隔所造成的思念之苦。值得一提的是，這種建構也可用於闡釋秦代方士對三神山的描繪，《史記·封禪書》記載，方士描述東海三神山：「未至，望之如雲，及至，三神山反居水下，臨之，風輒引去」，這種可望而不可及、飄渺不定的三神山具有很強吸引力，難怪秦始皇非到東海尋找不可了。

二、抒寫人生痛苦的範例

(一)「人不如草木石頭」型

《檜風．隰有萇楚》：「隰有萇楚，猗儺其枝。夭之沃沃，樂子之無知」人類是萬物之靈，竟然羨慕起草木的無知覺、無家庭來，其人生的痛苦，和厭世之情可想而知。這個「羨慕草木」的範例，後代有鮑溶《秋思》：「我憂長於生，安得及草木？」；姜夔《長亭怨慢》：「閱人多矣，誰得似長亭樹，樹若有情時，不會得青青如許」；《紅樓夢》第一百一十三回，紫鵑道：「這活著眞苦惱傷心，無休無了。算來竟不如草木石頭，無知無覺，倒也心中乾淨」。

(二)「尙寐無覺」型

《王風．兔爰》二章：「我生之初，尙無造（繁重勞役）。我生之後，逢此百憂，尙寐無覺（醒來）」。詩人在遭受苦難之後，希望長眠不醒。是對生活的絕望。由於生命的不可重複性，沒有返程票，所以求生欲望便成爲人類的基本訴求。然而《小雅．苕之華》卻喊出「知我如此，不如無生」，其悲怨與痛苦之情與《兔爰》是相通的。

後代戴望舒《生涯》詩：「人間伴我惟孤苦，白晝給我是寂寞，只有甜甜的夢兒，慰我在深宵，我希望長睡沉沉，常在夢裡溫存」。劉德華演唱的《忘情水》：「給我一杯忘情水，換我一生不傷悲」。而米開朗基羅在著名雕塑《夜》所刻的詩：「只有世上還有苦難和羞辱，睡眠是甜蜜的，要能成爲頑石，那就更好，一無所見，一無所感，便是我的福氣。因此，別驚醒我，啊！說話請輕些吧！」

一個在古代的東方，一個在近代的西方，所寫的範例如此一致，是値得深思的，林興宅先生所說：「人類的基本情感活動幾乎都在《詩經》中得到某種形式的表現」，可在這個範例中得到印證。同時也說明《詩經》的範例具有一定的普世價値。

㈢「落花傷感」型

《小雅．苕之華》：「苕之華，芸其黃矣。心之憂矣，惟其傷矣」，《毛傳》：「苕（淩霄花）將落則黃」，詩人看到淩霄花的凋謝，聯想到青春將逝，好景不常，從而發出深深的歎息。《離騷》：「惟草木之零落兮，恐美人之遲暮」，劉希夷《代悲白頭吟》：「洛陽女兒好顏色，今年花落顏色改，明年花開復誰在？」，李煜《浪淘沙令》：「流水落花春去也，天上人間」，李清照《一剪梅》：「花自漂零水自流，一種相思，兩種閒愁」，林黛玉《葬花詞》：「花謝花落飛滿天，紅消香斷有誰憐，儂今葬花人笑癡，他年葬儂知是誰？」等。

在大自然中，足以觸景生情的事物很多，而花是其中最常見的一種。鮮豔美麗的花兒，從開放到凋謝是如此明顯而迅速，容易引起生命的共感，從而產生美（年華、美貌、理想等）的失去之後的惆悵和悲傷。「歲花盡搖落，芳意竟何成？」（陳子昂《感遇》）的傷感就很有代表性，孟浩然《春曉》是傳誦千古的名篇，有學者認爲該詩是表現詩人「喜愛春天的感情」，値得商榷，應該從「落花」型的視角去理解一生不得志的孟浩然的惜春之情。而龔自珍《己亥雜詩》：「落紅不是無情物，化作春泥更護花」，則是與古爲新，別開生面。

此外，《小雅．六月》：「秋日淒淒，百卉（草木）皆腓（枯黃），亂離瘼（疾苦）矣，奚其適歸」是最早的「悲秋型」的詩，後代相關的詩不勝枚舉。而劉禹錫《秋詞》之一：「自古逢秋悲寂寥，我言秋日勝春朝。晴空一鶴排雲上，便引詩情到碧霄」一反悲秋的傳統唱出令人精神爲之一振的高歌。《豳風．七月》：「春日遲遲，采蘩祁祁。女心傷悲，殆及公子同歸」自然是「傷春型」，王昌齡《閨怨》：「忽見陌頭楊柳色，悔教夫婿覓封侯」，張仲素《春閨思》：「裊裊城邊柳，青青陌上桑，提籠忘采葉，昨夜夢漁陽」，前者因爲傷春而後悔，後者因傷春而忘採葉，各具特色。《氓．小序》：「花落色衰，復相背棄」說明《氓》詩是「色衰愛弛」的範例。

三、「楊柳依依」型：屬於分別情境的範例

《小雅．采薇》：「昔我往矣，楊柳依依」，詩裏是回鄉戰士回憶當年與妻子依依惜別的情景，可謂「楊柳依依」型，「依依」是形容柳條柔長飄拂的狀態，與送行時依依不捨，揮手告別的情景相互交融，後代有李商隱《離亭賦得折楊柳》：「含煙惹霧每依依，萬緒千條拂落暉。爲報行人休盡折，半留相送半迎歸」。而李嘉佑的「遠樹依依如送客」（《自蘇台至望亭驛悵然有作》），李商隱的「堤遠意相隨」（《贈柳》）等都是這範例的名句。

詩是作者心的投影，對於實物的歌詠，無不以民族的歷史、傳統習俗、生活方式和心理特點等民族文化爲背景。漢語中的「柳」諧音「留」，暗含著對行者挽留的意思；垂柳向著地，象徵著期盼行者回歸故鄉；楊柳分佈廣，又容易栽培，預祝行人在他鄉生活得很好，幸福安康。中國人喜聚不喜散，但在人生旅途中，離別又是常有的事，因此，楊柳成爲古代詩詞中常見的離別象徵，也說明該範例具有普適性。

《詩經》中的藝術範例有一個相對穩定的符號系統，是生活經驗和思想感情與審美經驗結合的結晶，是先民在充滿矛盾的人生中開放出來的心靈之花，並對後代產生一定的影響。

第三節 《詩經》語言藝術

《詩經》是中國由口頭文學轉化爲書寫文學的第一部詩歌選集，它是用當時通行的標準語（雅言）寫成的，一共使用二千八百二十六個單字，五百零三個異體字和一千個複音詞。有四千多個詞彙。據前人統計，《詩經》中有草名一百零五個、樹名七十五個、鳥名三十九個、獸名六十七個、昆蟲名二十九個、魚名二十個、各類器物名三百餘個，其中四十個馬名，可以區分馬的不同形態和不同用途。說明《詩經》語言的豐富性，它可以表現複雜多樣的情形與複雜的心理狀態。

《詩經》語言裡保留著六百多條成語，其中多數成語仍然活躍在現代漢語之中，例如：㈠如切如磋、如琢如磨（《衛風．淇奧》）㈡投我以木桃，報之以瓊瑤（《衛風．

木瓜》）㈢無以大康，職思其居（《唐風．蟋蟀》）㈣人之好我，示我周行（《小雅．鹿鳴》）㈤他山之石，可以攻玉（《小雅．鶴鳴》）㈥戰戰兢兢，如臨深淵，如履薄冰（《小雅．小旻》）㈦高山仰止，景行行之（《小雅．車舝》）㈧靡不有初，鮮克有終（《小雅．蕩》）㈨殷鑒不遠，在夏後之世（同上）㈩先民有言，詢於芻蕘（《大雅．板》）⑾周雖舊邦，其命維新（《大雅．文王》）等。成語的運用，可以提升語言的內涵和生動性和表達能力，它反映了先民的藝術智慧，是一份可貴的文化遺產。

此外，《詩經》都是樂歌，語言的音樂性是它另一個主要特徵（《周頌》裡有幾首無韻詩除外）。但絕大多數是押韻的，它的詞語音節少，每個音節有四聲，可以組成音韻和諧具有美感的音樂性語言，而且用韻非常自然，沒有框架，一切順其自然。唱起來順口，聽起來悅耳，比起散文的《易》、《書》來更容易記憶，並可以廣泛流傳。例如《國風》在形式上多數是四言一句，隔句用韻（《關雎》在韻位安排上，採用一、二、四句葉韻法，成爲後代五、七言葉韻的基本法則），但許多詩常常衝破四言定格，採用二言、三言到七言、八言的句子，成爲雜言詩（如《伐檀》），讀起來也錯落有致，自然順口。

在章法上，章節的複疊（主要表現在《國風》）是其另一個特點，它能夠增加詩歌的音樂感和節奏感，並能傳達詩人的感情和韻味，例如《周南．漢廣》一詩每章的後四句疊唱，但詩人那種求偶失望的心情，在這長歌浩歎的疊唱中自然地流露出來；《王風．采葛》也在反覆疊唱中表達了戀人之間深摯的思念之情，「一日不見如三秋」，還存在今天人們的言談之間。

第八章　略述古代對《詩經》的文學闡釋（上）

我們現在讀的《詩經》是經過孔子整理的，他用《詩經》作爲教材，孔子去世之後，儒家學派繼續用它作爲教本，開始有了「六經」（《詩》、《書》、《易》、《禮》、《樂》、《春秋》的通稱）並進行相關的經學研究。由此，《詩經》有了雙重身份。它既是「詩」，又是「經」。「經」是社會和歷史賦予它的文化角色，而《詩經》本是一部表現世俗情懷的詩集，文學才是它特有的自身素質。歷史向前一步的進展，要求伴隨著向後的探本溯源，我們對前人關於《詩經》的文學闡釋進行適當的總結和了解，也是有必要的。由於篇幅的限制，這裏只做簡要的概述。

《詩經》的文學闡釋與經學闡釋有所不同，經學闡釋的特點是，重視《詩經》的政教功能，忽視詩歌的情感審美和表現形式，不注重文本的整體把握；而《詩經》文學闡釋是從詩歌本位立場和審美觀點出發，對《詩經》的情感特質、表現手法、語言形式等進行評論或鑑賞。文學闡釋有廣義、狹義之分，這裏採用狹義的，對於後人在詩歌中涉及的文學闡釋觀不在討論之內。

第一節　先秦時期對《詩經》的文學闡釋

先秦時期，《詩經》已經定型，而且在外交場合，在宮廷，在貴族學校都有很廣的運用，但對於《詩經》的眞正文學闡釋才開始起步。主要表現在孔子和孟子身上：

一、孔子對《詩經》的文學闡釋

(一)孔子論及《詩經》的藝術功能

《論語．陽貨》：「小子何莫學夫詩？詩可以興，可以觀，可以群，可以怨。邇之事父，遠之事君，多識鳥獸草木之名」。

該文從「興」、「觀」、「群」、「怨」四個方面總結了詩歌的認識、教化、和諧人際關係、諷喻等的作用，是對《詩經》社會功能的概括。在一定程度上，反映詩歌的本質特徵，特別是排在首位的「詩可以興」，要求詩歌通過比興手段創造生動的、具體的藝術形象，讀者通過藝術形象引發聯想，受到思想啓發和情感的感染。結合「事君、事父」（即忠孝觀念）來看，孔子既注意藝術的政治實用，更注重藝術的審美特徵，而後者更有價值。

(二)孔子對《詩經》的總體評價

《論語．子罕》：「《詩三百》，一言以蔽之，曰『思無邪』」。

「思無邪」本是《魯頌．駉》中的一句，孔子借用來評價《詩經》思想的整體特徵。認爲《詩經》的內容的整體特點是「思想純正」。可以看出孔子論詩不斤斤計較個別字句的解釋，而是從整體上把握《詩經》的思想性質、社會功能和藝術特徵，呈現尚未遭受經學觀束縛的本眞狀態，爲歷代《詩經》的文學闡釋奠定了基礎。從文學批評的角度看，這是自古以來第一次評價一部作品，具有開創價值。有學者認爲，孔子是《詩經》文學研究的第一人。此外，孔子在美與善，文與質，和「樂而不淫，哀而不傷」快適度的心理美學方面也有所貢獻。

有學者提出，春秋時代的外交賦詩是《詩經》文學研究的萌芽，值得商榷。因為外交賦詩是《詩經》的應用，不是闡釋，而且賦詩斷章取義，往往不符合原意。

二、孟子論《詩經》的闡釋方法

(一)「知人論世」說

孟子說：「頌其書，讀其書，不知其人可乎？是以論其世也，是尚友也」（《孟子·萬章下》），這原是孟子和他的學生萬章討論交友之道的，後人把孟子的觀點概括為「知人論世」。知人，是說要對作者生平和思想有所了解；論世，是說對作者所處的時代要有所認識。人是社會的產物，要了解一個人，必須先了解它的時代背景，這樣對人的認識，才可能得出比較完整的概念。我們要闡釋古代詩學著作，從了解作者及其所處時代入手，也是一個比較正確、必須的方法。這一方法論為後代普遍接受並實行。

(二)「以意逆志」說

孟子說：「說詩者，不以文害辭，不以辭害意，以意逆志，是為得之」（《孟子·萬章上》），這裏的「文」指用字，「辭」指用字組成的辭句，「志」指作者的動機和心志，「意」指讀者的看法和體會。孟子要求讀者在了解字、辭、句子和篇章大意基礎上，要去細心體會作者的用意，而不是死扣詞句，死板地解釋字面的文義。因爲詩歌用的是藝術語言，如果把詩歌中的比喻、誇張等藝術手法看成寫實，這就是不懂得詩歌藝術的特點，就會犯「以文害辭，以辭害意」的錯誤，該說後來成爲中國古典美學中重要審美方式之一。

第二節 漢代對《詩經》的文學闡釋

一、《詩大序》的感發說

漢代是我國經學確立和興盛的時期，其經學闡釋進入全面系統化的階段，《詩經》的文學闡釋在經學的定格內發育生長。

《詩大序》：「詩者，志之所之也，在心爲志，發言爲詩，情動於中而形於言，言之不足，故嗟歎之，嗟歎之不足，故永歌之，永歌之不足，不知手之舞之，足之蹈之也。」

《詩大序》是儒家正統文藝思想的一部重要的文獻，其中的「發乎情，止於禮義」、「美刺諷諫說」、「六義」等對後代《詩經》的文藝批評產生了深遠影響。而引文一段談及詩歌的特質更爲重要，詩歌不同於散文，其一是有聲律之美，「嗟歎之」即聲律的吟詠，有了聲律，才可能配合歌唱和舞蹈，其二是「情動於中而形於言」，詩歌是訴之於人的情感的，而不是訴之於理智，詩歌的創作必須內心有所感動，然後用文字加以傳達。這就是中國最早的外物引起的感發說。鍾嶸《詩品序》：「氣之動物，物之感人，故搖盪性情，形諸舞詠」的「感發說」正是從《詩大序》而來。並成爲當代著名學者葉嘉瑩的詩歌基礎理論。托爾斯泰說：「藝術是藝術家把自己心中曾一度體驗過的感情，借助種種媒介表達出來」，《毛詩序》早在漢代就把這個藝術核心問題講得那麼清楚，值得格外重視。

二、鄭玄《毛詩傳箋》對《詩經》注釋的貢獻

鄭玄是東漢末年古文經學大師，他的《毛詩傳箋》被當代學者稱之爲《詩經》研究史上第一個里程碑，他的貢獻有：㈠對《毛傳》的注釋進行了充實和提高㈡首創用當時流行的淺顯明白的語言進行注釋，拉近了《詩經》與讀者的距離㈢改變傳統古文經學的封閉體系，吸收了魯、齊、韓三家的詩說，使他建立的鄭學體系具有開放性特徵。

第三節　魏晉南北朝對《詩經》的文學闡釋

隨著魏晉南北朝經學的衰落，對《詩經》的文學闡釋卻迎來空前活躍。文人學士追求藝術化的人生，他們對《詩經》的關注，不在於其所承載的政教倫理，而更看重其作爲怡情悅志和儒雅精神的載體。《世說新語．言語》記載，有一次謝安和他的子侄們討論《詩經》中哪個句子最好？謝玄欣賞《采薇》中的「昔我往矣，楊柳依依，今我來兮，雨雪霏霏」；而謝安卻認爲《大雅．抑》：「訏謨定命，遠猷辰告」有「雅人深致」，謝安認爲

這二句寫出了大臣經營國事時深謀遠慮，運籌帷幄的狀態。有學者認為這則故事是史籍中以情感品賞《詩經》比較早的記載。

在許多研究者把主要精力用在《詩經》背後的聖人之意考證上時，文學闡釋的任務便落在兩個文學理論家的肩上。

一、《文心雕龍》對《詩經》的文學闡釋

劉勰的《文心雕龍》是中國文學理論發展到魏晉六朝時期的集大成之作。該書上篇包括五篇總論、二十篇文體論；下篇二十四篇，包括文學創作論、文學風格論、文學流變論、鑑賞批評論、作家論和一篇《自序》，可謂體大思深。

㈠張揚《詩經》的文學性

《文心雕龍》中的《原道》、《徵聖》、《宗經》中有濃厚的經學意識，但也有許多文學闡釋的觀點。在《原道》中，把《詩經》放在文化發展的歷史長河中考察，認為《詩經》具有「文勝於質」的特點。在《宗經》中有「摛風裁興，藻辭譎喻，溫柔在誦，故最附深衷矣」的說法。其中「最附深衷」一句，突出了《詩經》的抒情性，和深入人心的特徵；「摛風裁興」整句則論及了《詩經》比喻多端，興體迭出和辭彩華美的優點。在《修辭》、《誇飾》等章節中，闡述了《詩經》在物色、比興、誇飾、句式等藝術表現手法，從而張揚了《詩經》的文學性。

㈡褒揚《詩經》是「爲情而造文」的典範

《文心雕龍．情采篇》：「昔詩人什篇，爲情而造文；辭人賦頌，爲文而造情」。這裏把「詩人什篇」和下文「風雅之興」聯繫來看，都是明確指明《詩經》是「爲情而造文」的典範，蘇珊．朗格《藝術理論》中說「藝術是表現人類感情的外在形式」，說明劉勰早已揭示了《詩經》藝術的本質。這對文風淫靡的六朝文壇來說，在當時具有振聾發聵的意義。而文中的「志思蓄憤，而吟詠情性」則闡發了「憤怒出詩人」這樣一條重要的藝術規律。這跟司馬遷所說：「《三百篇》大抵聖賢發憤之所爲作也」（《報任安書》），劉勰在《自序》中所說「蚌病成珠」，尼采所說「母雞下蛋的啼叫和詩人的歌唱，都是痛苦使然」，韓愈的「不平則鳴」等藝術動力說是一致的。

二、《詩品》對《詩經》的闡釋

鍾嶸《詩品》是我國古代最早一部詩論專著，與《文心雕龍》一起並稱爲南朝文學理論批評兩大專門著作。該書理論思維最大特點是：㈠「從六藝溯流別」（章學誠語），即把作品放在歷史演進的長流中，確定其歷史地位與價值。《詩品》重視《詩經》對後代詩歌的影響，將《國風》、《小雅》、《楚辭》列爲五言詩的三大源頭，在品評作家源流的時候，往往要上溯《詩經》，特別是《國風》，肯定詩人能夠繼承和發揚《詩經》的「風雅比興」的優良傳統。㈡《詩品》的貢獻還在於對於賦和興的解說上，他說「比」是「因物喻志」，與前人比較沒有新意，而說「賦」是「直書其事，寓言寫物」，認爲賦在直接敘述的基礎上，要有詩人寄託和新意。這就擴大了賦的內涵。他說「興」是「文已盡而意有餘」，這跟傳統說法有所不同，說明「興」不光是起頭，而且還要有含蓄不盡的韻味。從而開啓了中國古典美學的主流傾向，這可從唐宋以後理論著作中的「但見性情，不見文字」、「不著一字，盡得風流」、「筆有盡而意無窮」等看出來。明代徐光啓著名的「詩在言外」的《詩經》學理論，也深受鍾嶸「興」說的影響。「唐代以後的詩學，實際上都是沿著文已盡而意有餘的旨意往前推進的」（夏傳才語）。㈢鍾嶸在此基礎上提出的「滋味說」，在古代詩學上也有重要的貢獻，並對袁枚的「性靈說」，王世貞的「神韻說」有直接影響。

第九章　略述古代對《詩經》的文學闡釋（下）

第一節 唐代對《詩經》的文學闡釋

一、《毛詩正義》對《詩經》的文學闡釋

唐代《詩經》的文學闡釋的特點是對經學和文學的認識呈現相互交融的狀態，《毛詩正義》就是其中的代表。《毛詩正義》七十卷，為《五經正義》之一，由唐代國子監祭酒孔穎達總其成（相當於現代的主編），這部由官方組織力量編成的官書，全面繼承「詩經漢學」的研究成果，吸收魏晉六朝訓詁義疏的精華，是「詩經漢學」的集大成著作，被當代學者稱之為研究《詩經》第二個里程碑。

(一)《毛詩正義》的「三體三用」說

《周禮．春官．大師》認為風、賦、比、興、雅、頌是六種詩歌體裁，《詩大序》認為是特指貴族學校教國子的並列六類詩歌。《毛詩正義．詩序疏》：「賦、比、興是詩之所用；風、雅、頌是詩之成形。用彼三事，成此三用，是故同稱為『義』」。該說將風、雅、頌看成《詩經》的體裁，把賦、比、興視之為《詩經》的表現手法。從而結束了漢代以來用政治功利解釋「六義」的舊說，並為後來《詩經》的藝術研究提供了重要的理論依據。

(二)《毛詩正義》的文勢說

所謂文勢說，是指文章上下文之間所呈現的語義脈絡和邏輯關係。

1.《毛詩正義》鑑於《毛傳》、《鄭箋》注釋多有支離破碎的不足，在解釋過程中，注重詩的整體理解，重視詩的語言之間，章與章之間的起承照應關係。

2.注重詩歌具體的情景對語詞意義的限制，要通過語義之間邏輯聯繫來理解文本，以求得準確理解詩文。

3.對《詩經》中的字、詞、句，特別是章的構成形式進行細緻的總結，並指出它們的變化多姿是由複雜微妙的情感所決定的。《毛詩正義》在《關雎．大序》中對於詩與樂關係的論述，錢鍾書認為「僅據此節。中國美學史當留片席地與孔穎達」（《管錐篇》）。

另外，陳子昂在《與東方左史虯修竹篇序》中提出興寄和風骨這兩個命題。所謂興寄，就是比興寄託，就是《詩經》美刺比興傳統，它要求詩歌具有現實內容，發揮社會作用。韓愈提出「不平則鳴」（《送孟東野序》）創作動力學理論，白居易也從《詩經》總結出「文章合為時而著，歌詩合為事而作」（《與元九書》）的現實主義理論，都有較好的價值。杜甫、白居易等人的創作證明了中國詩歌史上一條重要規律：任何時候，如能高舉現實主義創作大旗，文學就能興盛繁榮，否則就會萎靡不振，走入唯美主義，形式主義的死胡同。

第二節　宋代對《詩經》的文學闡釋

一、歐陽修的「探求詩的本義」說

《四庫全書總目》評論歐陽修所著《詩本義》（十五卷）說：「自唐以來，說《詩》者莫敢議毛、鄭。雖老師宿儒亦謹守《小序》，至宋而新義日增，舊說幾廢，實發于修。」北宋時期，學術界掀起一股疑辯思潮，他們不像漢代儒者重視傳統，恪守門戶，要求對權威的漢學經傳義疏進行重新解釋，並取得較大的成效，歐陽修就是這個思潮領頭人，他的《詩本義》對漢學《詩經》學的基礎——《詩序》、《毛傳》、《鄭箋》都進行了批評，指出他們的闡釋許多地方出於主觀的「臆說」，由此他提出「探求本義（詩歌的原始意義）」的理論。

他認爲《詩經》的文學闡釋有四種視角：㈠詩人之意（詩人創作意圖）㈡太師之職（太師整理編排《詩經》的意圖）㈢聖人之意（孔子編訂《詩經》的意圖）㈣經師之業（經學家注釋《詩經》的意圖）。由於《詩經》是詩，了解《詩經》詩作的本義，當然要以詩人之意爲根本。那麼怎麼才能了解詩的本義呢？

首先要從了解詩的情感入手，他說：「《詩》文雖簡易，然能曲盡人事。而古今人情一也。求《詩》義者，以人情求之，則不遠矣」。他論《小雅．蓼莪》的詩旨：「此述勞苦人民自相哀之辭也」，《大雅．召旻》：「周人呼天而怨訴之辭也」，其次，「要據文求義」，要從文本出發而不是主觀的猜想，最後，他要求體會詩歌特有的藝術表現手法，並以此探求詩的妙趣等，他的文學闡釋比經學家的闡釋要進步的多，因爲他作爲文學家具有良好的人文修養和創作的良苦用心。從藝術心理學的角度說明，只有研究者從認識心態轉變爲藝術心態的時候，《詩經》的文學研究才有可能眞正開始，從這個角度講，「歐陽修是《詩經》文學研究的開拓者」（蔣立甫語）。

蘇轍（潁濱先生）《詩集傳》十九卷，該書懷疑《詩序》爲毛公之學，要求突破《詩序》的禁錮，說詩只取《小序》，這種對於《詩序》採取不迷信，不盲從的態度，爲《詩經》的文學闡釋，掃除一定程度的障礙。

二、朱熹對《詩經》的文學闡釋

朱熹是南宋著名思想家，他集兩宋理學之大成，建立新的儒學體系，世稱程朱理學。在學術思想史和文化史上有很大影響。他對《詩經》文學闡釋主要表現在以下兩個方面：

(一)朱熹「以詩說《詩》」說

朱熹認爲漢儒具有以史說《詩》，不顧詩之整體和文理脈絡，不得詩之要義的不足。他指出《詩經》的本質是詩，具「感物導情，吟詠性情」（《朱子語類》）的文學特徵，所以要「以詩說《詩》」。怎麼進行呢？首先要「惟文本是求」，從文本出發，不能先入爲主。在注釋上，要體現「註腳不可成篇，簡潔明瞭」的主張，其次對賦、比、興分別作了新的界定，認爲「比意雖切而卻淺，興意雖闊而味長」，指出「興」所追求的是「象外之象」、「味外之外」，注重《詩經》興發感動的作用。在寫作意圖上，《毛詩序》要通過「以史說詩」、「美刺說詩」的方式，實現其歷史化、政治化、倫理化的目的，而朱熹則要「得其性情之正，聲氣之和」（《詩集傳．關雎》注），意思是通過闡釋，求得心性學的人之心靈結構和人格建構的完善，做個完美的人。而人格建構與完善是美學關注的焦點，是美學本質的價值體現。

㈡朱熹的「諷誦涵泳」說

所謂「諷誦涵泳」即熟讀朗誦，深入體會。他說：「大凡讀書，多在諷誦中見義理，況《詩》又全在諷誦之功」（《朱子語類》），說明「諷誦涵泳」是朱熹闡釋《詩經》的方法論之一。怎麼進行呢？

1.朱熹認爲《詩經》不是歷史，而是具有多義性、模糊性的詩歌。有更多的言外之意。因此在諷誦涵泳過程中，要全身心進入審美物件之中，通過自己的領悟、玩味去體會詩的眞意，而不能通過邏輯的推理的方式去獲得。

2.在領悟和把握詩的眞意之後，要建立自身良好的心理結構，實現與別人、社會、自然三者和諧的人生，達到他說的「中和在我，天人無間」高度自由的審美境界。

朱熹對《詩經》的闡釋對後代影響很大，直到明代前期，都是朱熹的天下，直到王守仁「心學」的興起，才告一段落。這就告訴我們，我國文化史上也有一條規律：一種文化思潮往往會推出具有代表性的權威，這個權威的影響會持續相當長時間，直到新的權威產生才告結束。兩漢經學思潮推出鄭玄及其《毛詩傳箋》，影響到魏晉隋唐《詩經》學者的心靈，直到朱熹的出現才告一段落（劉毓慶說）。

第三節　明代對《詩經》的文學闡釋

從元代到明中葉，《詩經》的闡釋都是朱熹的天下，明代中後期，出現了個性解放思潮，大批文人學士從文學角度闡釋《詩經》，開創了《詩經》文學闡釋新的航線，使這部詩歌寶典更加放射出文學的光芒，這期間產生了許多具有代表性的名家：

一、孫鑛的《批評詩經》

孫鑛是明代將《詩經》文學闡釋推向高潮的第一位名家，他的《批評詩經》把《詩經》作爲中國文學一部最經典的文本進行評論，要點有三：

㈠在《詩經》文本上加點、加圈、加眉批、總批，開啓了《詩經》評點的歷史，推動了《詩經》的文學研究，其中以「格調」（高古者格，宛亮者調）爲基本理論，以《詩經》作爲最高的詩歌創作典範，進行欣賞性的點評。

㈡他將魏晉以來的大量詩歌術語引入研究之中，如風骨、氣骨、風致、滋味、興趣以及雄勁、古淡、奇峭、峻切、險絕、頓挫等風格和筆法的術語，從而把《詩經》的闡釋引入到文學理論批評的領域之中，讓《詩經》文學闡釋走上新的軌道。

㈢它的闡釋不僅有語言表述上的變化，而且在思維方式上起了根本變化，他把《詩經》看成是一個有生命的藝術世界，用心靈去體悟這個藝術世界的妙趣。

另外徐光啓著有《毛詩六帖講意》四卷，提出「詩在言外」說，指出詩的意義不在詩的文字之內而要在詩外去尋求。他認爲要體會其言外之意（林按：這正是中國古代美學主要論點之一，講含蓄、講味外之味）。要透過藝術想像、虛構去領會作者的創作意圖（包括「意外之幻象」、「題外之義」、「婉曲有味」、「言外諷諫」）等。爲《詩經》的文學闡釋提供了好的思路。並對晚明產生了影響，特別是晚明研究《詩經》詞章一派影響更大。艾略特也說：「讀詩時應專心一致於詩的所指，非詩之本身，這似乎是我們應該經營的。要超出詩之外，一如貝多芬後期作品超出音樂之外」。司馬光《溫公續詩話》中也說：「古人爲詩，貴於意在言外，使人思而得之……、近世詩人，惟杜子美最得詩人之體，如『國破山河在，城春草木深。感時花濺淚，恨別鳥驚心』。山河在，明無物矣，花鳥，平時可娛之物，見之而泣，聞之而悲，則時可知矣」都可供參考。

二、戴君恩《讀風憶評》的「格法說」

《讀風憶評》是明代欣賞派的主要著作，純從文學欣賞的角度探求《詩經》的藝術情味。主要的理論是「格法」，即要求對《詩經》的多種表現手法，進行了具體深入的分析與總結。書中總結有翻空法、鋪陳法、關鎖法、反振法、先虛後實的倒法、投胎奪舍法、伸縮法等（參見劉毓慶《從經學到文學》）。

三、鍾惺《評點詩經》的「活物法」

鍾惺是晚明竟陵詩派的代表人物，他的《評點詩經》四卷爲明代欣賞派重要著作，傳統闡釋學主張闡釋作品要探求作品的原意，要求排除闡釋者主觀的干擾，返回作品的「本意」。「詩活物說」認爲，詩歌作爲歷史文化的產物，不同時代的人，可以有不同理解，對詩中的意象所傳達的情意，或者是象徵意義，不同的人，可以有不同的領悟。所以應該把《詩經》看成有「靈性」之物，要用自己的心靈去體悟詩中的性情和情意。「活物說」與當代接受美學關於作品是作者和讀者共同創造的理論很接近，說明中國的接受美學理論自有自己的特色，值得好好總結。

此外，萬時華的《詩經偶箋》在《詩經》的賞評方面也有一定影響，該書採用一篇篇具體作品分別作具體評賞，猶如當代的鑑賞文章。其方法是把讀者引領到活生生藝術世界之中，去把握詩的情景，去體會詩的情味。他的評賞有助於讀者領會《詩經》的藝術經驗。他的名言「今之君子知（詩）之爲經，而不知（詩）之爲詩，一蔽也」，並被當代學者所常引用。

第四節　清代對《詩經》的文學闡釋

漢學到鄭玄而集大成，於是鄭學風行數百年；宋學到朱熹而集大成，於是宋學風行了數百年。到了清代，在繼承前代學術成果的基礎上，清代成為我國學術方面的集大成時期，《詩經》的文學闡釋也不例外。清代二百多年間，就有一百多種《詩經》研究專著，其中對《詩經》的文學特徵的認識更加深入，對《詩經》文學闡釋更加廣泛，並為現代《詩經》學的建立打下良好的基礎。這裏只選擇有代表性、影響較大的學者加以介紹。

一、王夫之的《姜齋詩話》

王夫之：明末清初著名思想家，他與顧炎武、黃宗羲同為清代三大思想家（俗稱三先生）。又是清代「第一個將《詩經》作為文學作品研究的人」（趙沛霖語），他的《詩經》學著作有《詩經稗疏》四卷、《詩廣傳》五卷和《姜齋詩話》（由後人將《詩經稗疏》所附《詩繹》和隨筆集《夕堂永日緒論》第一篇《論詩》合成）。《詩廣傳》主要是以《詩經》為引子，闡發個人的學術見解，有「六經注我」的意味。《詩經稗疏》主要是考證歷史、地理、禮制、經籍文獻、草木蟲魚等。

《姜齋詩話》有評論《詩經》藝術二十四則，從中可以看出王夫之的《詩經》文學闡釋觀：

(一)即景會心的「現量說」（原為佛教的術語，指為直接感受取得的知識），王夫之借指作家直接感受自然景物，並用其親切感受寫出的詩歌，由此他認爲《采薇》中的「楊柳依依」、「零雨其濛」等表現自然景物，更是表達離別之情的詩句是「聖於詩」，即最高規格的詩歌，它的闡釋告訴我們，文學創作最原始思維活動是感性的，由感性而感動，由感動而付之筆端，才能寫出好詩。否則憑空構想，無病呻吟，只能把創作引向邪路。

㈡揭示《詩經》的辯證藝術，王夫之說：「昔我往矣，楊柳依依；今我來思，雨雪霏霏」，是「以樂景寫哀，以哀景寫樂，一倍增其哀樂」的寫法，這是說，哀與樂是對立的，但可以轉化，這就是藝術創作的辯證法，王夫之的闡釋還告訴我們所謂智慧，就在於從矛盾中發現爲人們所忽視或者所掩蓋的矛盾。

㈢取影法，是說只要有光，物體總有影子，靜物寫生、攝影，都要顧及物體和影子。《小雅．出車》是首抒寫征人隨主帥出征玁狁後凱旋歸來的詩，最後一章並不直接表達征人勝利歸來的喜悅心情，卻想像其妻子在家中盼望丈夫歸來和歸來的歡樂。用妻子的歡樂寫征人的歡樂，王夫之稱之爲「取影法」是很眞確的。

㈣過去人們對孔子的興、觀、群、怨的闡釋，大多採用孤立，一詞一義的解釋，王氏解釋了四者之間的聯繫：「興而可觀，其興也深；於所觀而可興，其觀也審；以其群者而怨，怨愈不忘」，這就超越了前人而有所創新了。更可貴的是他得出「作者用一致之思，讀者各以其情而自得」的命題，如果要寫中國接受史的話，應該有王夫之的一席之地。

二、賀貽孫的《詩觸》、《詩筏》

賀貽孫：清初文學家，著有《詩觸》四卷，取名用意是讀《詩經》時，要與漢唐以後的詩歌觸類旁通。《詩筏》是文學隨筆集。取名用意是讀《詩經》要學會登岸捨筏，貴於學習還要貴於捨棄。兩書的特點：

㈠強調要有開放的態度，在熟讀《詩經》文本的基礎上，要聯繫後代的詩歌一塊比較、鑑別。在《詩筏》中指出，杜甫的「《麗人行》對麗人之憐惜慨歎，無一語及淫亂，全從《詩．君子偕老》得之」。

㈡主張在閱讀《詩經》文本的過程中，要深入體會詩作的構思之妙，他在評論《魏風．陟岵》「父曰嗟」以下四句時說：「低回宛轉，似只代父母作思子詩，代兄思弟詩而已。絕不說思父母、思兄。較他人所作思父母，思兄語更為淒涼」，這裏不僅指出《陟岵》獨特的藝術構思，即詩從對面著筆的寫法，這種寫法為杜甫《月夜》所繼承，而且還指出這種寫法有更「淒涼」的藝術效果，如果不做深入體會是說不出來的。此外，他主張閱讀《詩經》時，要設身處地進入詩中的情景，與古人在情感上產生共鳴，要注意詩中的細節描寫等，都可供參考。

三、姚際恆的《詩經通論》

姚際恆，清初經學大家，又是清代獨立思考派第一人，《詩經通論》十八卷，屬於評點類著作。在《詩經》文學闡釋方面有他的首創：

㈠趁韻法，所謂趁韻法，是指在重章迭句的情況下，同一個語詞，除首章外，其他的為了協韻的需要，可以用別的語詞來代替。如《鄘風．桑中》首章是「孟姜」，次章是「孟弋」，三章是「孟庸」。表面是三個人，其實是一個人。弋和庸都是為了協韻而換的詞語，如果不懂得趁韻法，就把該詩解釋成一個男人和三個女人鬼混了。

㈡比喻只取一點不及其餘，《周南．螽斯》是一首祝福多子多孫的詩，其中的「螽斯」（蝗蟲的一種）只取其「一生九十九子」的意義，而不及其餘，有學者認為蝗蟲是害蟲，由此把該詩說成一首「勞動人民諷刺剝削者的短歌」而鬧出笑話。

㈢歌詩的視角，如《唐風．綢繆》在《毛詩序》被認為是一首諷刺詩，姚際恆則認為是首賀婚詩，全詩三章，首章是女聲的唱；第二章是男女聲合唱；第三章是男聲獨唱，《詩經》原是樂歌，從樂歌形式去闡釋，對文本會有更深更真切的體會。此外，姚氏在「審其辭氣」、「區分源與流」等也都有一定的價值。

此外，清代前期的學者還有朱運震，他的《詩志》八卷，為《詩經》評點著作，書的取名是要探求《詩經》作品的主旨和意蘊。該書上承明代《詩經》欣賞派的學風，注重闡釋詩的章法、句法和結構，例如闡釋《關雎》「優哉遊哉」兩句時說：「筆勢一颺一頓，一曲一直，唱歎深長，令人黯然銷魂。此謂君子思淑女也，若作宮人輾轉反側便無謂」。這種闡釋完全擺脫了經學的束縛，而在文學闡釋的道路上，能夠向前跨了一大步。

四、陳繼揆《讀風臆補》

《讀風臆補》十五卷，是一部在戴君恩《讀風臆評》基礎上加以補充、評點的書。他開宗明義地說：「《詩》之爲經，夫人知之矣，然而以經讀《詩》，不若以詩讀《詩》之感人尤捷矣」，由此說明，陳氏更注重《詩經》的文學價值，他繼承明代欣賞派的方法，用藝術欣賞的眼光對《詩經》進行闡釋。

㈠以詩證《詩》說，他在《續修四庫全書總目》中評論《讀風臆補》時說；「以詩證《詩》，別開一境，實不可少，又後世詩體，悉原于古。論者截經學詞章爲二，遂致昧其本來。書中一一傳合之，而《三百篇》爲詩家之祖，益可信矣」。《總目》在這裏指明《讀風臆補》闡釋《詩經》的主要方法是「以詩證《詩》」，即引用樂府、楚辭、漢魏古詩及唐詩等與所評的《詩經》相比較，以達到啓發和加深對詩意的理解。從而更能體會《詩經》是中國文學的源頭。例如《召南．草蟲》詩尾評：「采薇獲而傷心，正所謂『忽見陌頭楊柳色，悔教夫婿覓封侯』（王昌齡《閨怨》中的詩句）也。若杜審言詩『獨有宦遊人，偏驚物候新』（《和晉陵陸丞早春遊望》中的詩句），則與詩意相對照矣」，通過這樣對照，形象生動，更能引發審美感受和對詩意的深刻體悟，同時也能看到《詩經》與後代詩歌在藝術創作上的聯繫。

㈡陳氏在以詩證《詩》的時候，注重揭示《詩經》的意境、詩旨、情致和藝術手法等。例如在評《卷耳》時，引用李仲素《秋閨思》：「夢裏分明見關塞，不知何路向金微」，認爲《卷耳》中的想像與《秋閨思》中的夢境一樣，具有同樣的意境。在評《邶風．擊鼓》時，他指出：「老杜《兵車行》全篇，體格從此脫胎」，在評《鄭風．遵大路》篇引宋玉賦「遵大路兮攬子袪，贈以芳華詞甚妙」（《登徒子好色賦》）加以對照。

五、方玉潤《詩經原始》

《詩經原始》十八卷，書前附卷首上、卷首下兩卷。是一部《詩經》評點式注本。民國初年，學界推崇姚際恆、崔述、方玉潤爲清代「獨立思考派三大家」。在《詩經》文學闡釋方面，這三人中，以方氏對現代《詩經》學的影響最大（當代《詩經鑑賞辭典》引用方氏的學說最多），而崔述是個歷史學家，他的主要成就在於《詩經》的考證。那麼，方氏在《詩經》文學闡釋方面，有什麼特色呢？

㈠力求與傳統經學闡釋有所切割，走自己文學闡釋的路。方氏認爲《毛詩序》的作者千方百計把《詩經》解釋爲一種教化的工具，朱熹《詩集傳》也不能直探詩人作詩的本意，爲此他在《自序》中說：「不揣固陋，反復涵泳，參論其間，務求得古人作詩本意而止」，「務求古人作詩的本意」，正是《詩經原始》取名的由來，同時也是他取得較大成就的一個重要的起點。例如關於《二南》的詩旨，《詩序》有「后妃之德」說，《詩集傳》有「太姒、文王說」都無確證，他指出《關雎》只是「詠初婚者」，是「樂得淑女以配君子也」，《卷耳》：「念行役而知婦人之篤也」，《葛覃》：「因歸寧而敦婦本也」等，都能撇開后妃、夫人的陳說而接近詩的本意。

㈡方氏深懂把《詩經》當詩讀的重要性，為此，他總要用文學的眼光對《詩經》進行闡釋。他批評以前研究《詩經》的考據、講學兩派「不得全篇合讀，求其大旨所在」，他們「性情與《詩經》絕不相類，故往往膠柱鼓瑟」。《周南．芣苡》是一首婦女採集車前子時唱的歌，方氏深入體味詩的文意，並在藝術上同漢樂府等做了比較。他說：「讀者試平心靜氣，涵泳此詩，恍聽田家婦女，三三五五，於平原繡野，風和日麗中群歌互答，餘音嫋嫋，若遠若近，忽斷忽續，不知其情之何以移而神之何以曠。則此詩可不必細繹而自得其妙焉。……今世南方婦女登山採茶，結伴而歌，猶有此遺風雲」。可見方氏深知文學是想像的產物，闡釋時也要通過讀者的合理想像去復原詩中的情景。

㈢更可貴的是他提出許多文學闡釋理論：

1. 如主張不要去尋求「確解」、「深義」，而要去領會詩人所抒發的情感。

2. 他提倡「讀《詩》當涵泳全文，得其通章大意，乃可上窺古人義旨所在，未有篇法不明而得其要領者」。

3. 為什麼要眉評、圈點呢？他說：「以清眉目，豈飾觀乎？亦用以振讀者之精神，使與古人之精神合而為一焉。」（《凡例》）這種讀者和作者精神合二為一的觀點，與接受美學「作品是作者與讀者共同創造」的理論是相通的，也使方氏的闡釋更上一層樓。

透過古代的《詩經》文學闡釋的簡單介紹，讓我們認識到：任何一部影響大的古籍（《詩經》、《論語》、《易經》等），都是通過後人的闡釋而不斷發展的，而後人的闡釋，總是站在當時的文化水準，結合時代的需要，進行闡釋的。並通過闡釋形成新的觀點，這是我國學術領域裏一條學術發展的規律。也可以這樣說：在一定程度上，可以說是前後相繼，代代有解人的闡釋史。

第十章　略述現當代的《詩經》文學闡釋

一、王國維（一八七七—一九二七）的《詩經》文學闡釋

「五四」新文化運動之後，《詩經》學由傳統詩經學進入現代詩經學的發展階段，新文化運動的先驅們高舉科學（採用分析、比較、歸納的邏輯和歷史的、求證的科學方法）與民主的旗幟，從研究內容到研究模式進行全面的改革，《詩經》文學闡釋成爲研究的主流，而王國維就是這兩個階段之間過渡性的代表人物。

王國維爲一代國學大師，他的學術標著著中國傳統學術的終結，和學術新時期的開始。他以開放的心態，將深厚的國學修養，與西方新方法結合起來。在《詩經》文學闡釋方面，提出新見解：

㈠他在《周大武樂章考》中，最早提出西周初年製作的《大武》樂章是六篇歌舞詩，由《周頌》中的《昊天有成命》、《武》、《酌》、《桓》、《賚》、《般》所組成。這六篇語意相承，有歌舞劇的意味。

㈡首倡《商頌》是宗周中葉以後的作品，爲春秋時代宋國所製作。

㈢在《詩經》語詞方面，《鄘風》中的「子之不淑」、《王風》中的「遇人之不淑」，《毛傳》、《鄭箋》都解釋爲「不善」，它解釋爲「遭遇不幸」，認爲《周頌》和《大雅》中的「陟降」一詞，不是兼「陟」與「降」兩義，而是「猶今人言往來」；《七月》中的「肅霜」猶言「肅爽」、「滌場」猶言「滌蕩」，都是聯綿詞。他的新解爲當代學者所接受。

㈣在《詩經》文學評賞方面：他的《人間詞話》是中國現代文學評賞的先驅之作，認爲「《詩·蒹葭》最得風人深致，晏同叔之『昨夜西風凋碧樹，獨上高樓，望盡天涯路』意頗近之」、「『我瞻四方，蹙蹙靡所騁』（《小雅·節南山》）詩人之憂生也」等，都是他用現代美學對詩經進行觀照的體現。

㈤在研究方法方面，他提出「二重證據」：即發掘地下遺物與文獻記載相互比證。這是在二十世紀初，考古研究成果基礎上提出來的一種新研究方法，對推動包括《詩經》研究在內的人文科學的發展，起了巨大的作用。

二、古史辨派的文學闡釋

㈠二十世紀最初的二、三十年，以顧頡剛爲首創辦了《古史辨》雜誌，並掀起了一股疑古辨僞思潮，對傳統觀念中的古史系統和古史觀念提出挑戰。他們認爲三皇五帝，不過是半人半神式的虛擬人物，從而推翻了人們長期存在心中的偶像。在這種思想指導下，他們要把傳統的闡釋（漢學與宋學）全部推翻，把《詩經》和《文選》、《花間集》一同看待，他們認爲《詩經》是一部「活潑的文學」、「是人性情的自然表現」、「三百篇全是樂歌」等，所以要用藝術審美心對待《詩經》的每一部作品。

㈡他們認爲《詩經》是一部古代流行的民歌集，從而揭開了《詩經》神聖的面紗，並開展了一次民歌大討論，並對《詩經》中的重章複遝和「興」等進行深入的討論。討論中，不打棍子，不抓辮子，還開展相互之間的學術批評，有學者認爲，他們的研究具有現代性特徵，儘管學術上比較粗糙，但還是中國現代詩經學的開路先鋒。

㈢他們褒揚清代獨立思考派的《詩經》研究，並對鄭樵《詩辨妄》、姚際恆《詩經通論》、王柏《詩疑》等著作進行整理，有助於現代《詩經》學的研究。

三、胡適（一八〇一—一九六二）的《詩經》文學闡釋

㈠胡適關於《詩經》研究成果並不多，而《談談詩經》（一九二五）一文影響卻很大。他說：「《詩經》並不是一部聖經，確實是一部古代歌謠的總集，可以作社會史的材料，可以作文化史的材料，萬不可說它是一部神聖經典」，它的「歌謠總集」的提法並不準確，但否定了傳統詩經學的經學觀念，在當時有一定的作用。

㈡提出要對《詩經》進行新的訓詁，要用精密的科學方法，對《詩經》的文字和文法等都重新下注解。

㈢要大膽推翻兩千年附會的見解，要用社會學、歷史學、文學的眼光重新下注釋。

以上觀點是胡適建立新《詩經》學的綱領，有助於現代《詩經》學的建立。胡適是「現代《詩經》研究先驅者」（趙沛霖語）。

注　郭沫若於一九九二年，出版《卷耳集》，是《詩經》二十世紀最早新詩體今譯，翻譯四十首戀歌。序中說，其動機是爲了給幾千年禮教桎梏下的「優美平民文學」吹噓些生命進去，表現了「五四」時期反傳統的時代精神。

四、聞一多（一八九九—一九四六）的《詩經》文學闡釋

㈠聞一多《詩經》研究著作衆多，主要有《風詩類鈔》、《詩經新義》、《詩經通義》、《詩新台鴻字說》、《姜嫄履大人跡考》、《說魚》、《歌與詩》、《匡齋尺牘》等，這些著作都寫於二十世紀三十年代至一九四三年間。他將傳統考據學與現代科學方法結合起來，開創了一種綜合性的文化型的研究方法。

㈡對於語詞的新闡釋：《新臺》中的「鴻」，舊注爲「飛鴻」，聞氏解爲「癩蛤蟆」，《說魚》中認爲《詩經》中的「魚」和「食」語詞系列都是「隱語」，「打魚」、「釣魚」是求偶的意思，「飽」是性欲的滿足。採用神化學和民俗學的方法對《生民》「履帝武敏歆」的闡釋，認爲「履跡」是一種類似舞蹈的祭祀儀式，代表上帝的神屍舞於前，姜嫄隨於後，舞畢而懷孕。他的研究對於當代原型研究、文化研究有所影響。

㈢他提出要用詩的眼光「帶讀者到『詩經』時代」，通過《芣苢》的闡釋，再現了上古社會一幅勞動風俗畫。

五、夏傳才（一九二四—）的《詩經》文學闡釋

㈠原中國詩經學會會長，有突出貢獻的文史專家。夏先生的《詩經研究史概觀》（中州書畫社，一九八二年版，後來在海內外多次再版）是一部《詩經》文學闡釋學史，對《詩經》學的基本理論做出簡明的評介，並爲兩千多年《詩經》闡釋學釐清一個發展脈

絡，被評為當代學術水準的代表作。

㈡《詩經語言藝術》（北京語文出版社，一九八五年版）是《詩經》語言藝術的專著，書中對《詩經》的名詞、動詞、形容詞、虛詞、藝術描寫手法、修辭格、片語等方面進行論析。從而說明《詩經》語言的豐富性和生動性，已經達到上古時代較高水準。

㈢《二十世紀詩經學》（北京學苑出版社，二〇〇五年）是運用辯證唯物史觀寫成二十世紀詩經學史，全書共十章，對康有為到余冠英等學者，以及《詩經》的注釋、今譯、鑑賞、古籍整理等問題都做了評論。還涉及到臺灣、香港的《詩經》研究和對未來的展望。

㈣《思無邪齋詩經論稿》（北京學苑出版社，二〇〇〇年版）該書收錄夏先生二十多年來撰寫的詩經學單篇論文，論及歷代詩經學的研究、關於《毛詩序》的問題及考辨、關於海外《詩經》研究的評論、《詩經學四大公案的現代進展》，結論公允，視野開闊，開拓了一些新的研究課題。此外，夏先生主編《詩經學大辭典》（河北教育出版社，二〇一四年版）該辭典是國家出版基金項目，是一部學習《詩經》和傳統文化的具有重要參考價值的大型工具書。這一出版工程對傳統現代和世界的詩經學進行科學的總結，既對讀者研究與閱讀提供方便，也對我們繼承和發揚傳統文化遺產具有重要價值。

六、趙沛霖（一九三八—）的《詩經》文學闡釋

趙沛霖，原中國詩經學會副會長，著名文史專家。

㈠《興的源起——歷史積澱與詩歌藝術》（中國社會科學出版社，一九八七年版）該書從文化人類學的角度，對「興」的起源，進行系統研究，指出「興」的起源是出於一種深刻宗教原因，是宗教觀念向藝術形式積澱的結果。是「他物」與主觀意志不斷融合而構成藝術形象，實現了詩歌藝術的飛躍。書中還對《詩經》中的鳥、魚、樹木、龍鳳、麒麟等，進行歸類考察，揭示了原始物象的文化學意義，爲詩經學開闢了新的研究領域。

㈡《詩經研究反思》（天津教育出版社，一九八八年版）該書是對《詩經》文學研究基礎上的詩經學術史著作，又是以歷代《詩經》文學研究爲考察物件的評價性著作。就祭祀詩、宴飲詩、農事詩、戰爭詩、怨刺詩、情詩七部分的歷代研究進行評述，該書是第一部以作品分類爲考察基點的文學性《詩經》研究史，集學術性、資料性、工具性爲一體，爲研讀《詩經》者常用參考書。

㈢《現代學術文化思潮與詩經研究》（北京學苑出版社，二〇〇六年版）副題是《二十世紀詩經研究史》，全書採用開放式的專題論說形式，它突破以學者爲單元的學術史傳統建構模式，在時代學術文化思潮的大視野與詩經學自身傳統結合的框架下，把握詩經學在現代條件下的嬗變過程，總結演變規律。

七、劉毓慶（一九五四—）的《詩經》文學闡釋

年輕的著名《詩經》研究專家，有關《詩經》學史有兩部：

㈠與郭萬金合著《從文學到經學——先秦兩漢詩經學史論》（華東師範大學出版

社，二〇〇九年版）該書認爲《詩經》有兩個角色，一爲「經」，一爲「詩」，應該並重。經學宣導禮樂文明，具有傳承民族命脈的作用。認爲「春秋賦詩」繪出了文學史上神采飛揚的一頁，書中還對先秦兩漢《詩經》學的發展之路做了詳細的釐清。該書在掌握充分資料的基礎上，吸收了考古學、美學、人類學、西方闡釋學等科技整合理論，符合當代學術發展大方向。

㈡《從經學到文學——明代詩經學史論》（商務印書館，二〇〇一年版）「上編」論述《詩經》經學研究持續衰退；「下編」論述《詩經》文學的崛起與繁榮。該書寫出了明代《詩經》文學研究的豐富內容和突出成就，改變了「明代學術空疏」的舊看法，開創了《詩經》文學批評的新方向。

八、汪祚民（一九六四—）的《詩經》文學闡釋

汪祚民《詩經文學闡釋史》（先秦至隋唐）（人民出版社二〇〇五年版）。該書是我國第一部《詩經》文學闡釋史，論述了先秦至隋唐《詩經》文學闡釋的發展演變過程，還從《毛傳》、《鄭箋》和《毛詩正義》等經學著作，挖掘出許多文學闡釋的內容，從而揭示了經學與文學之間的關係，並用現代文學理論重新闡釋宋玉辭賦、《焦氏易林》、魏晉南北朝詩賦和杜詩等有關文學闡釋資料，呈現了研究新視角。

九、余冠英的（一九〇六—一九九五）《詩經》文學闡釋

余冠英《詩經選譯》（人民文學出版社一九五八年版），一九八五年人民文學出版社重印時補充新譯十六篇，共收《風》七十八篇、《小雅》二十三篇、《大雅》三篇、《周頌》二篇，共一百零六篇。該書特點之一是所選的篇目基本上能體現《詩經》藝術精華；之二是所作的題解簡明扼要，一般不做考證，如釋《月出》篇中「窈糾」、「憂受」、「夭紹」三詞是形容女子行步的曲線美；釋《狼跋》篇的「碩膚」就是「大肚子」等都是採用文學的視角結合語言學進行訓釋；之三是譯文準確而流暢，《將仲子》等譯文寫得十分傳神。他的譯文還能體現《國風》質樸、明快和清新的風格。

十、錢鍾書（一九一〇—一九八八）的《詩經》文學闡釋

錢鍾書《管錐篇．毛詩正義六十則》，該書收在《管錐篇》（中華書局一九七八年版），第一分冊是他研究《毛詩正義》的學術雜記，由於錢氏具有較高的藝術理論修養和學貫中西的學術視野，使該書充滿新穎的見解和特有的理論思維。如《鄭風．有女同車》：「有女同車，顏如舜華」，明代郝敬認爲「舜花」（木槿花），其色黑，用以形容女子顏面之美不當，錢氏引證中外詩作，說明用黑、紫形容女子面容之美是詩文中慣常之事，並引用西方美學家艾爾德曼（K．O．Erdnan）關於「情感價值」不同於「觀感價值」的理論加以說明，凸顯他把《詩經》放在世界文學史和中國文學史加以把握的思維特

徵。《衛風・河廣》：「誰謂河廣，曾不容刀」，《周南・漢廣》：「江之永矣，不可方兮」，同是江河，為何寬窄相差那麼大呢？錢氏指出：「文詞有虛而非偽，誠而不實者，語之虛實與語之誠偽相連而不相等」，說明江河的寬窄不是實際的表述，而是詩人主觀情感的顯現。從而詮釋了「藝術眞實」與「生活眞實」有所區別這個重要的藝術理論，用鑑賞詩學的理論對《詩經》進行解讀也是該書一個特點。

此外，書中不僅分析了《詩經》中的修辭方法，還總結了《詩經》藝術表現中的抒情模式，如「誰適為容」型、「黃昏懷人」型、「瞻望不及」型、「以他思寫己思」型等，該書把《詩經》作為文學作品，以審美眼光總結其創作詩學的若干規律，有益於加深對《詩經》的理解。

十一、糜文開（一九〇八—）、裴普賢（一九二一—）的《詩經》文學闡釋

糜文開和裴普賢著有《詩經欣賞與研究》四大冊（一九六四至一九八三年，學生出版社出版），該書按內容編排，各篇有注釋和文學欣賞，各冊冊後附研究論文。該書突出的成就在於對詩篇的欣賞，每篇詩有小序、原詩、今譯、評解等。譯文簡潔流利，富有韻味；內容主要是評析作品的藝術表現力，間或述及《詩經》基本知識。所作的藝術欣賞，能夠繼承以詩解詩的中國文評傳統，又能夠融會現代文藝理論和分析方法，有些分析相當精彩。例如認為《東門之楊》是寫男女約會在東門白楊樹林，日入為期，對方失約未到，但聞風吹樹葉之聲，但見「明星煌煌」、「明星晢晢」，唐人李商隱詩：「昨夜星辰昨夜

風：畫樓西畔桂堂東，身無彩鳳雙飛翼，心有靈犀一點通」由此而來。

十二、《詩經鑑賞集》的《詩經》文學闡釋

該書在一九八六年由人民文學出版社編輯出版，收錄《詩經》鑑賞文章五十五篇，所鑑賞的文章約五分之四出自《國風》、五分之一出自《雅》、《頌》，作者大多是當時的名家，能夠代表二十世紀八〇年代前期的賞析水準。與「前十七年」相比，該書揚棄庸俗社會學的影響，不亂貼階級鬥爭的標籤，而專注於賞析詩篇的文學價值和藝術特點。

書中有的賞析頗有新意，如《出車》一詩的結構一向衆說紛紜，周發祥《搖換視點，鑲嵌套語》一文揭示《出車》靈活變換敘述角度，不是一人抒情，使該詩線索明晰，詩意貫通。董治安《漫談〈叔于田〉、〈大叔于田〉誇飾特色》一文，指出《大叔于田》中「將叔無狃，戒其傷女」兩句，「表面使用最親密之語以相勸誡，實則是從一個很好的角度，對於『叔』雄豪自肆，做了巧妙的烘托」，揭示了作品的感情內涵和藝術辯證法。

十三、寧宇（一九七五—）的《詩經》文學闡釋

現代《詩經》學的主要特色是，引進西方新的社會科學理論於《詩經》研究之中，如引進美學、心理學、文化人類學，解构主義的文學批評、原型批評等，所謂「接受美學」是二十世紀八〇年代從西方引進的以研究讀者對文學接受爲中心文學理論。寧宇的《古代

〈詩經〉接受史》（齊魯書社二〇一四年）一書共七章，論及先秦、兩漢、魏晉、南北朝、隋唐、宋代、明代、清代前期關於《詩經》的各有特色文學接受。是中國第一部應用接受美學理論闡釋《詩經》的學術史。它是新時期應用接受美學於《詩經》闡釋的一次總結，勢必對《詩經》研究有好的影響。創新是學術的生命，也可以從該書的成功得到印證。

尾聲　《詩經》對後代的影響

我們常說：「我國是一個詩的國度」，是因為二千多年來，詩作多到難以計數，而且成就十分輝煌，已經為世界文學增光添彩。

「問渠那得清如許，為有源頭活水來」（朱熹《觀書有感》）不是有了作為光輝源頭的《詩經》的滋養，才有了一部源遠流長，輝煌燦爛的《中國詩歌史》嗎？相傳莎士比亞死後七年，班強生寫了一首長詩悼念他，肯定莎士比亞是英國的國寶，「全歐洲的劇壇都應該加以致敬/他不僅流行一時/而且應該流傳百世」。我們也可以說，《詩經》作為我國的國寶，不僅流傳百世，還流傳到了今天，直至永遠。這自然有值得我們回顧的地方。

在《詩經》不久，屈原首先出現在我國詩壇上，劉安《離騷序》說：「《國風》好色而不淫，《小雅》怨誹而不亂；若《離騷》者，可謂兼之矣」。明確地指出《詩經》對屈原《離騷》的重要影響。

屈原在學習民間文學的基礎上，創造了「騷體」形式，寫出了一系列篇幅宏偉，感情奔放的詩篇；他關心人民，熱愛國家，堅決向黑暗勢力進行鬥爭：《離騷》中的「怨靈修之浩蕩兮，終不察乎民心」，把批判的矛頭直指楚王；「衆皆競進而貪婪兮，憑不厭乎求索」，批評黨人們只知道往上爬，沒有滿足的追求物質享受。將國運帶到黑暗的狹路上去。這是對《詩經》的憂患意識和忠言直諫精神的繼承。

在屈原的詩篇中，《詩經》的比興藝術得到更大的擴展，通過香草、美人、良禽惡鳥的比興，寄託詩人愛憎感情。後人把「風騷」並舉，說明「風騷」傳統，在後代，正像一支永遠煥發光輝的接力火炬」（金開誠語）永放光芒。

在兩漢時代，許多反映人民疾苦（如《東門行》），反映勞役的（如《十五從軍征》），反映遊子思鄉（如《悲歌》）的樂府民歌。余冠英《樂府詩選序》說：「《詩經》本是漢以前的樂府，樂府就是漢以後的《詩經》；《詩經》以『變風』、『變雅』爲精華；樂府以『相和』、『雜曲』爲精華；同是『感於哀樂，緣事而發』的里巷歌謠，同是有現實性的文學珠玉」。這裏清楚的說明樂府民歌與《詩經》的關係。

魏晉時代，曹操用樂府詩的題目和調子，寫了許多富有現實性內容的詩歌，《蒿裏行》書寫了軍閥混戰給人民帶來「白骨露於野，千里無雞鳴」的災難，《龜雖壽》抒寫了「烈士暮年，壯心不已」的志向，《短歌行》抒寫了「對酒當歌，人生幾何」的人生感歎等。它採用《詩經》的四言詩的形式，而具新內容、新情調，被後人稱爲復興四言詩的作家。

曹丕當了魏國皇帝，但也寫出了《上留行》：「富人食稻粱，貧子食糟糠」這種反映貧富對立的詩句。他還有同情行役人民的《善哉行》，諷刺貴族子弟的《豔歌何嘗行》等富有現實內容的詩篇，無疑是受了《詩經》和《樂府民歌》的影響。

曹植的《泰山梁父行》和《七哀詩》抒寫了同情邊區人民的生活，反映了當時人民生活現狀，被後人稱爲「漢魏風骨」，他的代表作《贈白馬王彪》，採用了頂眞藝術手法，是學習《大雅．既醉》頂眞格的結果。

到了唐代，我國詩歌創作出現了空前的高潮，這個高潮是由陳子昂標舉「風雅興寄」和「漢魏風骨」揭開了它的序幕。因爲唐代初期的詩壇，仍舊沿襲六朝華靡之風，寫出不好的宮體詩、豔體詩。他在《修竹篇》的序文中指出，「文章道弊五百年，每以詠歎，思古人，常恐竟繁而興寄都絕。逶迤頹靡，《風》、《雅》不作，以耿耿也」。他的宣言，在唐代詩壇產生了深遠的影響，並開闢了一條復古革新的道路。

李白對六朝「綺麗不足珍」的形式主義不滿，慨歎「《大雅》久不作，《王風》委蔓草」，抒發對《詩經》精神的思念。盛唐時代的杜甫，他的詩作眞實地反映唐王朝由盛到衰的歷史現象，被稱爲「詩史」。他寫出「朱門酒肉臭，路有凍死骨」、「窮年憂黎元，歎息腸內熱」（《赴奉先詠懷》）等關心人民的詩句，他揭起了「親《風》、《雅》」的大旗，推動了唐代詩歌的發展。

白居易通過《與元九書》，對《詩經》的價值做了進一步的肯定，他暢談「風雅比興」，強調《三百篇》「補察時政」、「泄導人情」的社會作用。他寫了「諷喩詩」，仿效《詩經》的「美刺」手法，用詩歌來「救濟人病，裨補時闕」；他的《新樂府序》明說：「首句標其目，卒章顯其志，《詩三百》之義也」。他的成就被後人推爲我國古典詩歌現實主義最高峰，充分說明白居易對《詩經》優良傳統的繼承。

唐代以後，歷代的代表詩人，如陸游、辛棄疾、顧炎武、黃遵憲等，他們繼承了《詩經》愛國愛民的思想，以及現實主義的創作精神，並在中國詩歌史上，形成一條浩浩蕩蕩的思想長流。我們相信，這一條長流將流動下去，直至永遠。

在藝術上，《詩經》的藝術也對後代的詩人施以積極的影響：

㈠由《詩經》中的賦比興的「賦」，後來發展爲一種獨立的詩體——賦，屈原的詩歌被後人稱為賦（也稱騷體賦），宋玉有《風賦》、《高唐賦》、《登徒子好色賦》等，到了漢代，就有漢大賦，如司馬相如的《子虛賦》、《上林賦》等，在內容篇幅上與藝術手法都大大地擴大了。到了魏晉南北朝，出現了抒情小賦，如曹植《洛神賦》等，劉勰《文心雕龍．詮賦》：「賦者，受命于詩人，拓宇于《楚辭》也」說明了《詩經》對賦這一詩體形成的重要影響。

㈡由《詩經》中的比、興發展為相對獨立的比興藝術手法，它透過外物的抒寫以表達作者的思想感情，說得明白就是寄託，屈原透過《離騷》中的香草美人寄託它的美好理想，他又透過《橘頌》寄託自己獨立的人格理想。曹植《七步詩》透過「萁豆相煎」寄託詩人對骨肉相殘的不滿，陳子昂《感遇》「蘭若生春夏」一詩，透過壓倒群芳的「蘭若」的凋謝，寄託自己年華流逝，理想破滅的悲歎。

更重要的是《詩經》與其他優秀的傳統文化一樣，它的文化精神，如勤政愛民、重視農業生產、革故鼎新、家國情懷、憂患意識等已經浸潤於中華民族每個成員的血液之中，構成了中國人的文化基因和特殊的精神世界。

《詩經》不僅屬於中華民族，而且屬於全世界。

自從西元二世紀，《詩經》開始南傳印度支那半島和西域各民族，西元五世紀開始東傳朝鮮、日本，並成為東亞漢字文化圈的經典。日本就把《詩經》作為普遍誦習的讀本，乃至列為科舉取士的科目。根據南朝《宋書．蠻夷傳》記載，西元四五七至四九七年，在位的日本雄略天皇致中國劉宋皇帝表，表現了對中國文化的仰慕，表文用漢字書寫，並且引用了《詩經》的詩句，後來，日本學者在日本許多學館開設《毛詩講》，傳授《詩經》。西元十世紀，編集《古今和歌集》，和歌的詩體、內容和風格都深受《詩經》的影響，被稱爲日本文學源頭的《萬葉集》其編撰思想和編撰體例也效法《詩經》。

根據中國《南史》和朝鮮《三國史記》的記載，西元五四一年，百濟王朝派遣使者來到中國梁朝，請求派遣講授《毛詩》博士，梁武帝派學者陸詡前往講學。十八世紀出版《青丘永言》（一七二八）是第一部用朝鮮民族語言記錄的時調集，所謂時調，就是民間流傳的歌詩，該書從內容到四言詩體，都有《詩經》的影響。

《詩經》對歐美和俄羅斯也有影響，一六一〇年，法國耶穌會士金尼閣（Nicolas Trigault、一五七七—一六二八）來華，把「五經」翻譯爲拉丁文，並於一六二六年在杭州刊印，《詩經》當然就在其中，這是中國典籍最早的西方譯本。一九一一年，法國詩經學者葛蘭言（Marchel Cranel, 1884-1940）出版《中國古代歌謠節日》一書，開始從文化人類學的角度研究《詩經》。

一九五五年，美國學者龐德（Ezra Pound chubanle）出版《詩經》英譯本《孔子刪定古典詩集》，他採用的是意譯，強調詩歌的形象性、音樂性和啓迪性，對西方學者研究《詩經》有另闢蹊徑之功。

俄羅斯是研究《詩經》的重要國家之一。俄羅斯漢學家重視中國古典詩歌的翻譯與研究，在古代詩歌中，《詩經》與唐詩尤其受重視，有關《詩經》的翻譯作品約有十五種上以上。一八五二年，《莫斯科人》雜誌第一卷，發表了《詩經》若干篇譯文，標題爲「孔子的詩」，這是最早俄文翻譯，它使俄羅斯讀書界耳目一新。俄羅斯著名漢學家費德林也是著名的《詩經》研究家，他的專著《詩經及其在中國文學史上的地位》是一部功底深厚的研究著作，該書在一九五八年出版。書中認爲《詩經》不僅是中國文學的瑰寶，也是世界文學寶庫的一串明珠。綜上簡述，可以證明《詩經》在國外流傳歷史悠久，影響巨大，《詩經》早已成爲全世界人民的共同財富。

國家圖書館出版品預行編目資料

詩經概說／林祥征著. — 初版. — 臺北市：五南, 2016.11
面； 公分.
ISBN 978-957-11-8833-1（平裝）

1.詩經 2.研究考訂

831.18 105017020

1XCF

詩經概說

作　　者 — 林祥征
發 行 人 — 楊榮川
總 編 輯 — 王翠華
主　　編 — 蘇美嬌
封面設計 — 陳翰陞
出 版 者 — 五南圖書出版股份有限公司
地　　址：106台北市大安區和平東路二段339號4樓
電　　話：(02)2705-5066　　傳　　真：(02)2706-6100
網　　址：http://www.wunan.com.tw
電子郵件：wunan@wunan.com.tw
劃撥帳號：01068953
戶　　名：五南圖書出版股份有限公司

法律顧問　林勝安律師事務所　林勝安律師

出版日期　2016年11月初版一刷
定　　價　新臺幣250元